MACHADO DE ASSIS
por jovens leitores

FERNANDA FREITAS
VAGNER AMARO
(ORGS.)

MACHADO DE ASSIS
por jovens leitores

2ª edição
3ª reimpressão

ESCOLA
SESC
DE ENSINO
MÉDIO

autêntica

Copyright © 2011 Os organizadores
Copyright © 2011 Autêntica Editora

Os contos publicados neste livro foram extraídos do site Domínio Público:
<http://www.dominiopublico.gov.br>

Todos os direitos reservados pela Autêntica Editora. Nenhuma parte desta publicação poderá ser reproduzida, seja por meios mecânicos, eletrônicos, seja via cópia xerográfica, sem a autorização prévia da Editora.

EDITORAS RESPONSÁVEIS
Rejane Dias
Cecília Martins

REVISÃO
Lira Córdova

PROJETO GRÁFICO DE CAPA E MIOLO
Diogo Droschi

DIAGRAMAÇÃO
Waldênia Alvarenga

SERVIÇO SOCIAL DO COMÉRCIO

PRESIDENTE DO CONSELHO NACIONAL
Antonio Oliveira Santos

DIRETOR GERAL DO DEPARTAMENTO NACIONAL DO SESC
Maron Emile Abi-Abib

Escola SESC de Ensino Médio

DIREÇÃO
Claudia Fadel

DIRETOR SUBSTITUTO DA ESCOLA SESC
Antonio Viveiros

GERÊNCIA PEDAGÓGICA
Ines Paz Senra

COORDENAÇÃO DE LÍNGUA PORTUGUESA E LITERATURA
Luiz Fernando de Moraes Barros

COORDENAÇÃO DA BIBLIOTECA
Vagner Amaro

Dados Internacionais de Catalogação na Publicação (CIP)
(Câmara Brasileira do Livro, SP, Brasil)

Machado de Assis : por jovens leitores / Fernanda Freitas, Vagner Amaro, (orgs.). -- 2. ed.; 3. reimp -- Belo Horizonte : Autêntica, 2025.

Vários colaboradores.
ISBN 978-85-7526-588-8

1. Assis, Machado de, 1839-1908 2. Contos brasileiros 3. Escola SESC de Ensino Médio 4. Leitores 5. Leitura 6. Literatura - Estudo e ensino I. Freitas, Fernanda. II. Amaro, Vagner.

11-11036   CDD-807

Índices para catálogo sistemático:
1. Clube de Leitores da Escola SESC de Ensino Médio : Obra machadiana : Contos : Literatura brasileira : Estudo e ensino   807

Belo Horizonte
Rua Carlos Turner, 420
Silveira . 31140-520
Belo Horizonte . MG
Tel.: (55 31) 3465 4500

São Paulo
Av. Paulista, 2.073, Conjunto Nacional
Horsa I . Salas 404-406 . Bela Vista
01311-940 . São Paulo . SP
Tel.: (55 11) 3034 4468

www.grupoautentica.com.br
SAC: atendimentoleitor@grupoautentica.com.br

7 PREFÁCIO

9 APRESENTAÇÃO

11 A CARTEIRA
APRESENTADO POR TELMO OLÍMPIO

21 A IGREJA DO DIABO
APRESENTADO POR LETÍCIA LORENTZ

33 O DICIONÁRIO
APRESENTADO POR BERNARDO AUGUSTO RIVAS

41 TRÊS TESOUROS PERDIDOS
APRESENTADO POR EZEQUIEL ERIC FREIRE

49 A CARTOMANTE
APRESENTADO POR THAÍS SÂMYA DE SOUZA

63 O ESPELHO – ESBOÇO DE UMA
NOVA TEORIA DA ALMA HUMANA
APRESENTADO POR JORDY BOLIVAR PASA

76 SUPLEMENTO DE LEITURA

PREFÁCIO

MARCELO MOUTINHO

Em 2010, tive a alegria e a honra de participar de uma das reuniões do Clube de Leitores da Escola SESC de Ensino Médio. Na ocasião, pude ler alguns de meus contos, que foram debatidos minuciosamente com os estudantes. As perguntas – sempre pertinentes – e o interesse dos membros do Clube deixaram patente que a literatura se tornara, para eles, mais do que uma disciplina a ser cursada. Transformara-se em poderoso escudo, em "defesa contra as ofensas da vida", como afirmou o escritor italiano Cesare Pavese.

Outro escritor, este brasileiríssimo, desponta nos textos que se seguem: Machado de Assis. Os alunos reverenciam Machado em pequenas introduções a contos célebres de sua lavra, pavimentando o caminho para uma relação mais próxima de futuros leitores, jovens também.

Telmo Olímpio, por exemplo, conta como, ao encontrar um velho papel, lembrou do conto "A carteira", desvelando-se um vínculo íntimo (e surpreendente) entre ele e o Bruxo do Cosme Velho. "Sinal de memória ao autor que pensara como eu naquela descoberta, muito antes de mim", anota o estudante.

Já Letícia Lorentz, ao apresentar "A Igreja do Diabo", atenta para a forma como Machado "eleva pecados, como a gula, a inveja e a luxúria, a virtudes naturais e legítimas", desnudando a humanidade que nos iguala a todos.

Versando sobre "O dicionário", Bernardo Augusto Rivas salienta o caráter político do conto, fazendo uma interessante conexão com o adágio popular: "Se você quer conhecer uma pessoa, dê-lhe poder".

Ezequiel Eric Freire parte de um prisma mais ensaístico, ao buscar analogias entre "Três tesouros perdidos" e outros textos do escritor, como *O Alienista* e *Dom Casmurro*. Com argúcia, Ezequiel aponta a persistência de certos temas – o ciúme, a loucura – na obra machadiana.

"A cartomante" é o conto descrito por Thaís Sâmya de Souza, que destaca o olhar irônico do autor para as contradições humanas. "Machado cria personagens imprevisíveis, joga com insinuações que misturam ingenuidade e malícia, sinceridade e hipocrisia", observa ela.

Por fim, Jordy Bolivar Pasa expõe, a partir de "O espelho", a cisão de nossa alma entre as partes interior e exterior. Jordy qualifica o espelho a que alude o título como a "grande metáfora" daquilo que representamos para a sociedade. E ressalta: "O conto se mantém atual porque trata de um assunto que nos é intrínseco".

A atualidade assinalada por Jordy é um dado importante, já que os livros de Machado por vezes se veem renegados *a priori* pelas gerações mais jovens justamente devido à impressão de que são coisa antiga, fora de moda. Os seis textos que os alunos da Escola SESC de Ensino Médio produziram para esta edição ajudam a desfazer essa ideia. E evidenciam que, quando se trata de boa literatura, o diálogo entre autor e leitor será – sempre – novo como a manhã que nasce.

APRESENTAÇÃO

FERNANDA FREITAS
VAGNER AMARO

A leitura pode revelar mundos e proporcionar certas viagens que levam o leitor a passear por lugares surpreendentes ou dificilmente alcançáveis. Foi ela que reuniu um grupo de jovens, durante todo um ano letivo, no espaço de uma biblioteca escolar a fim de trocar experiências de leitura. Assim se fez o *Clube de Leitores* da Escola SESC de Ensino Médio.

Além do desejo dos alunos de conversar sobre suas impressões de leitura, o Clube surgiu da convergência de outros dois interesses: por um lado, a Biblioteca realizava ações para fruição do seu acervo, como rodas de leitura, narração de histórias, debates literários, festas literárias, exposições, narração de histórias e exibição de filmes baseados em temas literários; por outro, a equipe de Códigos e Linguagens desenvolvia um trabalho em sala de aula que extrapolava os territórios da classe, com o objetivo de melhorar os níveis de leitura dos alunos, buscando a transdisciplinaridade que os temas literários propõem, e identificando os mais interessados em ampliar seu repertório de leitura, mas que lutavam contra a falta de tempo em suas programações curriculares para realizar essa atividade.

Alinhavando todos esses interesses, veio a ideia da realização de uma oficina que oportunizasse aos alunos a possibilidade de ter encontros, com tempo reservado em suas grades de atividades, em que a leitura democrática de textos literários fosse seu objetivo principal, dando espaço para a troca de impressões estéticas sobre os textos lidos e para a reflexão sobre a importância da leitura literária, os níveis de leitura e as características estilísticas dos autores. E tudo começou.

A oficina *Clube de Leitores* foi oferecida como uma das atividades complementares em 2010. Com sete alunos, iniciamos os encontros com alguns eixos de trabalho bastante estabelecidos: por conta do tempo, 1 hora semanal, seriam lidos apenas textos de pequena extensão, em especial contos de autores brasileiros e latino-americanos; em cada edição anual da oficina, teríamos a visita de um escritor; e buscaríamos sempre um objetivo de análise em cada texto lido. Valia muito, sim, o prazer estético, mas também não se poderia ignorar que aquele era um espaço privilegiado para o aprendizado, e assim ensinaríamos e aprenderíamos, compartilhando experiências.

Durante as oficinas, tivemos a boa companhia dos textos de Caio Fernando Abreu, Clarice Lispector, Adélia Prado, Cora Coralina, Sérgio Santana, Gabriel García Márquez, Lygia Fagundes Telles, José Eduardo Agualusa, Murilo Rubião, João Gilberto Noll, Vinicius de Moraes, Carlos Drummond de Andrade, Marina Colasanti, Heloisa Seixas, Luis Fernando Veríssimo, Nélida Piñon, Marcelo Moutinho e Machado de Assis, que foi o escolhido para o exercício literário que serviu como produto final da oficina: textos selecionados e apresentados pelos alunos participantes. O objetivo era que alunos do Ensino Médio apresentassem seus contos para outros alunos, seus pares, com quem o diálogo é mais direto e com menores barreiras culturais. Marcelo Moutinho, que foi nosso escritor convidado da primeira edição, prefacia esta obra, resultado do gosto pela leitura, pelas descobertas e pela fruição literária.

Este livro apresenta um sonho transformado em realidade, materializando em palavras a paixão pelo ato de ler. Que os leitores inspirem-se, leiam cada vez mais e multipliquem essa paixão.

A CARTEIRA

A CARTEIRA

apresentado por Telmo Olímpio

A carteira. Certo dia, ao abri-la, olhei seu interior, remexi as cédulas e no meio delas encontrei um singelo papel, que continha algumas palavras ilegíveis. Vasculhei minha mente à procura de um arquivo que pudesse datar-me o momento ao qual o papel pertencia. Nada. E foi assim que comecei a pensar em quantas coisas eu guardava em um só lugar. Era uma vida. Documentos, cartões, papéis, lembranças e lembretes. Uma grande reflexão.

Nesse instante no qual borbulhavam, em mim, pensamentos instigantes, foi que me recordei de um conto de Machado de Assis que tinha por nome o meu objeto de estudo na ocasião: "A carteira".

Eis o convite de leitura que posso eu fazer! Nunca me mantive num silêncio tão prolongado como aquele após lê-lo. Era sinal de respeito à tão bela construção literária. Sinal de memória ao autor que pensara como eu naquela descoberta, muito antes de mim. Com certeza, o conto, à medida que se vai construindo e tomando forma, vai deixando qualquer pessoa apreensiva e atenta. Fruto de uma genialidade expressiva que Machado de Assis consegue ao tecer cada palavra numa costura única.

Sem servir ao leitor uma leitura simples — a tessitura de Machado é densa e clara —, o autor mantém um contato com o leitor e dá a ele a oportunidade de ler as entrelinhas. E é arrebatador pensar a partir de tantas possibilidades sugeridas em tão poucas palavras. A história é contada e montada ao modo que cada leitor imagina e julga as próprias personagens.

O interessante é saber que o começo e o fim dessa história pertencem de maneira diferente a cada um. Quando inicia a leitura, ela já está por acontecer. E ao terminar essa irá prosperar e ficar na mente. [...] Sem nunca ter fim.

A CARTEIRA

Machado de Assis

... De repente, Honório olhou para o chão e viu uma carteira. Abaixar-se, apanhá-la e guardá-la foi obra de alguns instantes. Ninguém o viu, salvo um homem que estava à porta de uma loja, e que, sem o conhecer, lhe disse rindo:

— Olhe, se não dá por ela; perdia-a de uma vez.

— É verdade, concordou Honório envergonhado.

Para avaliar a oportunidade desta carteira, é preciso saber que Honório tem de pagar amanhã uma dívida, quatrocentos e tantos mil-réis, e a carteira trazia o bojo recheado. A dívida não parece grande para um homem da posição de Honório, que advoga; mas todas as quantias são grandes ou pequenas, segundo as circunstâncias, e as dele não podiam ser piores. Gastos de família excessivos, a princípio por servir a parentes, e depois por agradar à mulher, que vivia aborrecida da solidão; baile daqui, jantar dali, chapéus, leques, tanta coisa mais, que não havia remédio senão ir descontando o futuro. Endividou-se. Começou pelas contas de lojas e armazéns; passou aos empréstimos, duzentos a um, trezentos a outro, quinhentos a outro, e tudo a crescer, e os bailes a darem-se, e os jantares a comerem-se, um turbilhão perpétuo, uma voragem.

— Tu agora vais bem, não? — dizia-lhe ultimamente o Gustavo C..., advogado e familiar da casa.

— Agora vou — mentiu o Honório.

A verdade é que ia mal. Poucas causas, de pequena monta, e constituintes remissos; por desgraça perdera ultimamente um processo, em que fundara grandes esperanças. Não só recebeu pouco, mas até parece que ele lhe tirou alguma coisa à reputação jurídica; em todo caso, andavam mofinas nos jornais.

D. Amélia não sabia nada; ele não contava nada à mulher, bons ou maus negócios. Não contava nada a ninguém. Fingia-se tão alegre como se nadasse em um mar de prosperidades. Quando o Gustavo, que ia todas as noites à casa dele, dizia uma ou duas pilhérias, ele respondia com três e quatro; e depois ia ouvir os trechos de música alemã, que d. Amélia tocava muito bem ao piano, e que o Gustavo escutava com indizível prazer, ou jogavam cartas, ou simplesmente falavam de política.

Um dia, a mulher foi achá-lo dando muitos beijos à filha, criança de quatro anos, e viu-lhe os olhos molhados; ficou espantada, e perguntou-lhe o que era.

— Nada, nada.

Compreende-se que era o medo do futuro e o horror da miséria. Mas as esperanças voltavam com facilidade. A ideia de que os dias melhores tinham de vir dava-lhe conforto para a luta. Estava com trinta e quatro anos; era o princípio da carreira; todos os princípios são difíceis. E toca a trabalhar, a esperar, a gastar, pedir fiado ou emprestado, para pagar mal, e a más horas.

A dívida urgente de hoje são uns malditos quatrocentos e tantos mil-réis de carros. Nunca demorou tanto a conta, nem ela cresceu tanto, como agora; e, a rigor, o credor não lhe punha a faca aos peitos; mas disse-lhe hoje uma palavra azeda, com um gesto mau, e Honório quer pagar-lhe hoje mesmo. Eram cinco horas da tarde. Tinha-se lembrado de ir a um agiota, mas voltou sem ousar pedir nada. Ao enfiar pela

Rua da Assembleia é que viu a carteira no chão, apanhou-a, meteu no bolso, e foi andando.

Durante os primeiros minutos, Honório não pensou nada; foi andando, andando, andando, até o Largo da Carioca. No Largo parou alguns instantes — enfiou depois pela Rua da Carioca, mas voltou logo, e entrou na Rua Uruguaiana. Sem saber como, achou-se daí a pouco no Largo de São Francisco de Paula; e ainda, sem saber como, entrou em um café. Pediu alguma cousa e encostou-se à parede, olhando para fora. Tinha medo de abrir a carteira; podia não achar nada, apenas papéis e sem valor para ele. Ao mesmo tempo, e esta era a causa principal das reflexões, a consciência perguntava-lhe se podia utilizar-se do dinheiro que achasse. Não lhe perguntava com o ar de quem não sabe, mas antes com uma expressão irônica e de censura. Podia lançar mão do dinheiro, e ir pagar com ele a dívida? Eis o ponto. A consciência acabou por lhe dizer que não podia, que devia levar a carteira à polícia, ou anunciá-la; mas tão depressa acabava de lhe dizer isto, vinham os apuros da ocasião, e puxavam por ele, e convidavam-no a ir pagar a cocheira. Chegavam mesmo a dizer-lhe que, se fosse ele que a tivesse perdido, ninguém iria entregar-lha; insinuação que lhe deu ânimo.

Tudo isso antes de abrir a carteira. Tirou-a do bolso, finalmente, mas com medo, quase às escondidas; abriu-a, e ficou trêmulo. Tinha dinheiro, muito dinheiro; não contou, mas viu duas notas de duzentos mil-réis, algumas de cinquenta e vinte; calculou uns setecentos mil-réis ou mais; quando menos, seiscentos. Era a dívida paga; eram menos algumas despesas urgentes. Honório teve tentações de fechar os olhos, correr à cocheira, pagar, e, depois de paga a dívida, adeus; reconciliar-se-ia consigo. Fechou a carteira, e com medo de a perder, tornou a guardá-la.

Mas daí a pouco tirou-a outra vez, e abriu-a, com vontade de contar o dinheiro. Contar para quê? era dele? Afinal venceu-se e contou: eram setecentos e trinta mil-réis. Honório teve um calafrio. Ninguém viu; ninguém soube; podia ser um lance da fortuna, a sua boa sorte, um anjo... Honório teve pena de não crer nos anjos... Mas por que não havia de crer neles? E voltava ao dinheiro, olhava, passava-o pelas mãos; depois, resolvia o contrário, não usar do achado, restituí-lo. Restituí-lo a quem? Tratou de ver se havia na carteira algum sinal.

"Se houver um nome, uma indicação qualquer, não posso utilizar-me do dinheiro", pensou ele.

Esquadrinhou os bolsos da carteira. Achou cartas, que não abriu, bilhetinhos dobrados, que não leu, e por fim um cartão de visita; leu o nome; era do Gustavo. Mas então, a carteira?... Examinou-a por fora, e pareceu-lhe efetivamente do amigo. Voltou ao interior; achou mais dous cartões, mais três, mais cinco. Não havia duvidar; era dele.

A descoberta entristeceu-o. Não podia ficar com o dinheiro, sem praticar um ato ilícito, e, naquele caso, doloroso ao seu coração porque era em dano de um amigo. Todo o castelo levantado esboroou-se como se fosse de cartas. Bebeu a última gota de café, sem reparar que estava frio. Saiu, e só então reparou que era quase noite. Caminhou para casa. Parece que a necessidade ainda lhe deu uns dois empurrões, mas ele resistiu.

— Paciência — disse ele consigo —, verei amanhã o que posso fazer.

Chegando a casa, já ali achou o Gustavo, um pouco preocupado, e a própria d. Amélia o parecia também. Entrou rindo, e perguntou ao amigo se lhe faltava alguma coisa.

— Nada.

— Nada?

— Por quê?

— Mete a mão no bolso; não te falta nada?

— Falta-me a carteira — disse o Gustavo sem meter a mão no bolso — Sabes se alguém a achou?

— Achei-a eu — disse Honório entregando-lha.

Gustavo pegou dela precipitadamente, e olhou desconfiado para o amigo. Esse olhar foi para Honório como um golpe de estilete;

depois de tanta luta com a necessidade, era um triste prêmio. Sorriu amargamente; e, como o outro lhe perguntasse onde a achara, deu-lhe as explicações precisas.

— Mas conheceste-a?

— Não; achei os teus bilhetes de visita.

Honório deu duas voltas, e foi mudar de toilette para o jantar. Então Gustavo sacou novamente a carteira, abriu-a, foi a um dos bolsos, tirou um dos bilhetinhos, que o outro não quis abrir nem ler, e estendeu-o a d. Amélia, que, ansiosa e trêmula, rasgou-o em trinta mil pedaços: era um bilhetinho de amor.

A IGREJA DO DIABO

A IGREJA DO DIABO
apresentado por Letícia Lorentz

Depois de séculos sujeito aos restos divinos e aos erros humanos, o Diabo, a fim de acabar com seu papel secundário, tem uma ideia genial: a criação da sua própria Igreja. Assim começa o conto, com todo o entusiasmo satânico ao perceber a possibilidade de se organizar e engolir todas as outras religiões.

Entretanto, o esplendor das ideias só aparece quando se pode mostrá-las aos outros, foi então que o Diabo, como um irmão mais novo que quer mostrar uma grande invenção ao mais velho, decide subir aos céus e, cheio de superioridade, espalha sua grande notícia pelo reino de Deus.

Com todo seu estilo e capacidade de fazer-nos imaginar as cenas mais improváveis, Machado escreve esse conto de forma diferente e envolvente, dividindo-o em capítulos, um deles especialmente dedicado à conversa entre os grandes "amigos".

Expulso do céu, o Diabo voa então para a Terra a fim de contar a "boa nova aos homens", pregar sua doutrina e refazer sua imagem, que fora degradada durante os tempos. Nesse capítulo o autor abusa da ironia, característica que não poderia faltar quando o personagem principal é o espírito da negação.

O que chama muita atenção no texto é a elevação de pecados, como a gula, a inveja e a luxúria, a virtudes naturais e legítimas. Logo se vê tudo que era condenado pela constituição do homem e da Igreja sendo plenamente aceito, tornando-se completamente normal. Mas, como bem sabemos, o homem, depois de certo tempo de costume, decide ir contra as regras e negar o sistema.

Com isso se tem o conflito do conto. Depois de anos de bom funcionamento, o Diabo nota que seus fiéis estão se desviando do caminho traçado por ele e corre aos saberes de Deus para obter sua resposta que vem em poucas palavras, repleta de análise sobre os homens.

A crítica social contundente no texto é o que faz com que queiramos saber o desfecho dessa história: a troca de valores muito abordada por estudos sociológicos. Caminhamos em movimento pendular, do tédio ao sofrimento, e queremos sempre o que no momento não temos, essa é "a eterna contradição humana".

A IGREJA DO DIABO

Machado de Assis

CAPÍTULO I
De uma ideia mirífica

Conta um velho manuscrito beneditino que o Diabo, em certo dia, teve a ideia de fundar uma igreja. Embora os seus lucros fossem contínuos e grandes, sentia-se humilhado com o papel avulso que exercia desde séculos, sem organização, sem regras, sem cânones, sem ritual, sem nada. Vivia, por assim dizer, dos remanescentes divinos, dos descuidos e obséquios humanos. Nada fixo, nada regular. Por que não teria ele a sua igreja? Uma igreja do Diabo era o meio eficaz de combater as outras religiões, e destruí-las de uma vez.

— Vá, pois, uma igreja, concluiu ele. Escritura contra Escritura, breviário contra breviário. Terei a minha missa, com vinho e pão à farta, as minhas prédicas, bulas, novenas e todo o demais aparelho eclesiástico. O meu credo será o núcleo universal dos espíritos, a minha igreja uma tenda de Abraão. E depois, enquanto as outras religiões se combatem e se dividem, a minha igreja será única; não acharei diante de mim, nem Maomé, nem Lutero. Há muitos modos de afirmar; há só um de negar tudo.

Dizendo isto, o Diabo sacudiu a cabeça e estendeu os braços, com um gesto magnífico e varonil. Em seguida, lembrou-se de ir ter com

Deus para comunicar-lhe a ideia, e desafiá-lo; levantou os olhos, acesos de ódio, ásperos de vingança, e disse consigo: — Vamos, é tempo. E rápido, batendo as asas, com tal estrondo que abalou todas as províncias do abismo, arrancou da sombra para o infinito azul.

CAPÍTULO II
Entre Deus e o Diabo

Deus recolhia um ancião, quando o Diabo chegou ao céu. Os serafins que engrinaldavam o recém-chegado, detiveram-se logo, e o Diabo deixou-se estar à entrada com os olhos no Senhor.

— Que me queres tu? perguntou este.

— Não venho pelo vosso servo Fausto, respondeu o Diabo rindo, mas por todos os Faustos do século e dos séculos.

— Explica-te.

— Senhor, a explicação é fácil; mas permiti que vos diga: recolhei primeiro esse bom velho; dai-lhe o melhor lugar, mandai que as mais afinadas cítaras e alaúdes o recebam com os mais divinos coros...

— Sabes o que ele fez? perguntou o Senhor, com os olhos cheios de doçura.

— Não, mas provavelmente é dos últimos que virão ter convosco. Não tarda muito que o céu fique semelhante a uma casa vazia, por causa do preço, que é alto. Vou edificar uma hospedaria barata; em duas palavras, vou fundar uma igreja. Estou cansado da minha desorganização, do meu reinado casual e adventício. É tempo de obter a vitória final e completa. E então vim dizer-vos isto, com lealdade, para que me não acuseis de dissimulação... Boa ideia, não vos parece?

— Vieste dizê-la, não legitimá-la, advertiu o Senhor.

— Tendes razão, acudiu o Diabo; mas o amor-próprio gosta de ouvir o aplauso dos mestres. Verdade é que neste caso seria o aplauso de um mestre vencido, e uma tal exigência... Senhor, desço à terra; vou lançar a minha pedra fundamental.

— Vai.

— Quereis que venha anunciar-vos o remate da obra?

— Não é preciso; basta que me digas desde já por que motivo, cansado há tanto da tua desorganização, só agora pensaste em fundar uma igreja?

O Diabo sorriu com certo ar de escárnio e triunfo. Tinha alguma ideia cruel no espírito, algum reparo picante no alforje de memória, qualquer coisa que, nesse breve instante de eternidade, o fazia crer superior ao próprio Deus. Mas recolheu o riso, e disse:

— Só agora concluí uma observação, começada desde alguns séculos, e é que as virtudes, filhas do céu, são em grande número comparáveis a rainhas, cujo manto de veludo rematasse em franjas de algodão. Ora, eu proponho-me a puxá-las por essa franja, e trazê-las todas para minha igreja; atrás delas virão as de seda pura...

— Velho retórico! murmurou o Senhor.

— Olhai bem. Muitos corpos que ajoelham aos vossos pés, nos templos do mundo, trazem as anquinhas da sala e da rua, os rostos tingem-se do mesmo pó, os lenços cheiram aos mesmos cheiros, as pupilas centelham de curiosidade e devoção entre o livro santo e o bigode do pecado. Vede o ardor, — a indiferença, ao menos, — com que esse cavalheiro põe em letras públicas os benefícios que liberalmente espalha, — ou sejam roupas ou botas, ou moedas, ou quaisquer dessas matérias necessárias à vida... Mas não quero parecer que me detenho em coisas miúdas; não falo, por exemplo, da placidez com que este juiz de irmandade, nas procissões, carrega piedosamente ao peito o vosso amor e uma comenda... Vou a negócios mais altos...

Nisto os serafins agitaram as asas pesadas de fastio e sono. Miguel e Gabriel fitaram no Senhor um olhar de súplica. Deus interrompeu o Diabo.

— Tu és vulgar, que é o pior que pode acontecer a um espírito da tua espécie, replicou-lhe o Senhor. Tudo o que dizes ou digas está dito e redito pelos moralistas do mundo. É assunto gasto; e se não tens força, nem originalidade para renovar um assunto gasto, melhor é que te cales e te retires. Olha; todas as minhas legiões mostram no rosto os sinais vivos do tédio que lhes dás. Esse mesmo ancião parece enjoado; e sabes tu o que ele fez?

— Já vos disse que não.

— Depois de uma vida honesta, teve uma morte sublime. Colhido em um naufrágio, ia salvar-se numa tábua; mas viu um casal de noivos, na flor da vida, que se debatiam já com a morte; deu-lhes a tábua de salvação e mergulhou na eternidade. Nenhum público: a água e o céu por cima. Onde achas aí a franja de algodão?

— Senhor, eu sou, como sabeis, o espírito que nega.

— Negas esta morte?

— Nego tudo. A misantropia pode tomar aspecto de caridade; deixar a vida aos outros, para um misantropo, é realmente aborrecê-los...

— Retórico e sutil! exclamou o Senhor. Vai; vai, funda a tua igreja; chama todas as virtudes, recolhe todas as franjas, convoca todos os homens... Mas, vai! vai!

Debalde o Diabo tentou proferir alguma coisa mais. Deus impusera-lhe silêncio; os serafins, a um sinal divino, encheram o céu com as harmonias de seus cânticos. O Diabo sentiu, de repente, que se achava no ar; dobrou as asas, e, como um raio, caiu na terra.

CAPÍTULO III
A boa nova aos homens

Uma vez na terra, o Diabo não perdeu um minuto. Deu-se pressa em enfiar a cogula beneditina, como hábito de boa fama, e entrou a espalhar uma doutrina nova e extraordinária, com uma voz que reboava nas entranhas do século. Ele prometia aos seus discípulos e fiéis as delícias da terra, todas as glórias, os deleites mais íntimos. Confessava que era o Diabo; mas confessava-o para retificar a noção que os homens tinham dele e desmentir as histórias que a seu respeito contavam as velhas beatas.

— Sim, sou o Diabo, repetia ele; não o Diabo das noites sulfúreas, dos contos soníferos, terror das crianças, mas o Diabo verdadeiro e único, o próprio gênio da natureza, a que se deu aquele nome para arredá-lo do coração dos homens. Vede-me gentil e airoso. Sou o vosso verdadeiro pai. Vamos lá: tomai daquele nome, inventado para meu desdouro, fazei dele um troféu e um lábaro, e eu vos darei tudo, tudo, tudo, tudo, tudo, tudo...

Era assim que falava, a princípio, para excitar o entusiasmo, espertar os indiferentes, congregar, em suma, as multidões ao pé de si. E elas vieram; e logo que vieram, o Diabo passou a definir a doutrina. A doutrina era a que podia ser na boca de um espírito de negação. Isso quanto à substância, porque, acerca da forma, era umas vezes sutil, outras cínica e deslavada.

Clamava ele que as virtudes aceitas deviam ser substituídas por outras, que eram as naturais e legítimas. A soberba, a luxúria, a preguiça foram reabilitadas, e assim também a avareza, que declarou não ser mais do que a mãe da economia, com a diferença que a mãe era robusta, e a filha uma esgalgada. A ira tinha a melhor defesa na existência de Homero; sem o furor de Aquiles, não haveria a *Ilíada*: "Musa, canta a cólera de Aquiles, filho de Peleu"... O mesmo disse da gula, que produziu as melhores páginas de Rabelais, e muitos bons versos de *Hissope*; virtude tão superior, que ninguém se lembra das batalhas de Luculo, mas das suas ceias; foi a gula que realmente o fez imortal. Mas, ainda pondo de lado essas razões de ordem literária ou histórica, para só mostrar o valor intrínseco daquela virtude, quem negaria que era muito melhor sentir na boca e no ventre os bons manjares, em grande cópia, do que os maus bocados, ou a saliva do jejum? Pela sua parte o Diabo prometia substituir a vinha do Senhor, expressão metafórica, pela vinha do Diabo, locução direta e verdadeira, pois não faltaria nunca aos seus com o fruto das mais belas cepas do mundo. Quanto à inveja, pregou friamente que era a virtude principal, origem de propriedades infinitas; virtude preciosa, que chegava a suprir todas as outras, e ao próprio talento.

As turbas corriam atrás dele entusiasmadas. O Diabo incutia-lhes, a grandes golpes de eloqüência, toda a nova ordem de coisas, trocando a noção delas, fazendo amar as perversas e detestar as sãs.

Nada mais curioso, por exemplo, do que a definição que ele dava da fraude. Chamava-lhe o braço esquerdo do homem; o braço direito era a força; e concluía: Muitos homens são canhotos, eis tudo. Ora, ele não exigia que todos fossem canhotos; não era exclusivista. Que uns fossem canhotos, outros destros; aceitava a todos, menos os que não fossem nada. A demonstração, porém, mais rigorosa e profunda, foi a da venalidade. Um casuísta do tempo chegou a confessar que era um monumento de lógica. A venalidade, disse o Diabo, era o exercício de um direito superior a todos os direitos. Se tu podes vender a tua casa, o teu boi, o teu sapato, o teu chapéu, coisas que são tuas por uma razão jurídica e legal, mas que, em todo caso, estão fora de ti, como é que não podes vender a tua opinião, o teu voto, a tua palavra, a tua fé, coisas que são mais do que tuas, porque são a tua própria consciência, isto é, tu mesmo? Negá-lo é cair no absurdo e no contraditório. Pois não há mulheres que vendem os cabelos? não pode um homem vender uma parte do seu sangue para transfundi-lo a outro homem anêmico? e o sangue e os cabelos, partes físicas, terão um privilégio que se nega ao caráter, à porção moral do homem? Demonstrando assim o princípio, o Diabo não se demorou em expor as vantagens de ordem temporal ou pecuniária; depois, mostrou ainda que, à vista do preconceito social, conviria dissimular o exercício de um direito tão legítimo, o que era exercer ao mesmo tempo a venalidade e a hipocrisia, isto é, merecer duplicadamente.

E descia, e subia, examinava tudo, retificava tudo. Está claro que combateu o perdão das injúrias e outras máximas de brandura e cordialidade. Não proibiu formalmente a calúnia gratuita, mas induziu a exercê-la mediante retribuição, ou pecuniária, ou de outra espécie; nos casos, porém, em que ela fosse uma expansão imperiosa da força imaginativa, e nada mais, proibia receber nenhum salário, pois equivalia a fazer pagar a transpiração. Todas as formas de respeito foram condenadas por ele, como elementos possíveis de um certo decoro social e pessoal; salva, todavia, a única exceção do interesse. Mas essa mesma exceção foi logo eliminada, pela consideração de que o interesse, convertendo o respeito em simples adulação, era este o sentimento aplicado e não aquele.

Para rematar a obra, entendeu o Diabo que lhe cumpria cortar por toda a solidariedade humana. Com efeito, o amor do próximo era um obstáculo grave à nova instituição. Ele mostrou que essa regra era uma simples invenção de parasitas e negociantes insolváveis; não se devia dar ao próximo senão indiferença; em alguns casos, ódio ou desprezo. Chegou mesmo à demonstração de que a noção de próximo era errada, e citava esta frase de um padre de Nápoles, aquele fino e letrado Galiani, que escrevia a uma das marquesas do antigo regime: "Leve a breca o próximo! Não há próximo!" A única hipótese em que ele permitia amar ao próximo era quando se tratasse de amar as damas alheias, porque essa espécie de amor tinha a particularidade de não ser outra coisa mais do que o amor do indivíduo a si mesmo. E como alguns discípulos achassem que uma tal explicação, por metafísica, escapava à compreensão das turbas, o Diabo recorreu a um apólogo: — Cem pessoas tomam ações de um banco, para as operações comuns; mas cada acionista não cuida realmente senão nos seus dividendos: é o que acontece aos adúlteros. Este apólogo foi incluído no livro da sabedoria.

CAPÍTULO IV
Franjas e franjas

A previsão do Diabo verificou-se. Todas as virtudes cuja capa de veludo acabava em franja de algodão, uma vez puxadas pela franja, deitavam a capa às urtigas e vinham alistar-se na igreja nova. Atrás foram chegando as outras, e o tempo abençoou a instituição. A igreja fundara-se; a doutrina propagava-se; não havia uma região do globo que não a conhecesse, uma língua que não a traduzisse, uma raça que não a amasse. O Diabo alçou brados de triunfo.

Um dia, porém, longos anos depois notou o Diabo que muitos dos seus fiéis, às escondidas, praticavam as antigas virtudes. Não as praticavam todas, nem integralmente, mas algumas, por partes, e, como digo, às ocultas. Certos glutões recolhiam-se a comer frugalmente três ou quatro vezes por ano, justamente em dias de preceito católico; muitos avaros davam esmolas, à noite, ou nas ruas mal povoadas; vários dilapidadores do erário restituíam-lhe pequenas quantias; os fraudulentos falavam, uma ou outra vez, com o coração nas mãos, mas com o mesmo rosto dissimulado, para fazer crer que estavam embaçando os outros.

A descoberta assombrou o Diabo. Meteu-se a conhecer mais diretamente o mal, e viu que lavrava muito. Alguns casos eram até incompreensíveis, como o de um droguista do Levante, que envenenara longamente uma geração inteira, e, com o produto das drogas, socorria os filhos das vítimas. No Cairo achou um perfeito ladrão de camelos, que tapava a cara para ir às mesquitas. O Diabo deu com ele à entrada de uma, lançou-lhe em rosto o procedimento; ele negou, dizendo que ia ali roubar o camelo de um *drogman*; roubou-o, com efeito, à vista do Diabo e foi dá-lo de presente a um muezim, que rezou por ele a Alá. O manuscrito beneditino cita muitas outras descobertas extraordinárias, entre elas esta, que desorientou completamente o Diabo. Um dos seus melhores apóstolos era um calavrês, varão de cinquenta anos, insigne falsificador de documentos, que possuía uma bela casa na campanha romana, telas, estátuas, biblioteca, etc. Era a fraude em pessoa; chegava a meter-se na cama para não confessar que estava são. Pois esse homem, não só não furtava ao jogo, como ainda dava gratificações aos criados. Tendo angariado a amizade de um cônego, ia todas as semanas confessar-se com ele, numa capela solitária; e, conquanto não lhe desvendasse nenhuma das suas ações secretas, benzia-se duas vezes, ao ajoelhar-se, e ao levantar-se. O Diabo mal pôde crer tamanha aleivosia. Mas não havia duvidar; o caso era verdadeiro.

Não se deteve um instante. O pasmo não lhe deu tempo de refletir, comparar e concluir do espetáculo presente alguma cousa análoga ao passado. Voou de novo ao céu, trêmulo de raiva, ansioso de conhecer a causa secreta de tão singular fenômeno. Deus ouviu-o com infinita complacência; não o interrompeu, não o repreendeu, não triunfou, sequer, daquela agonia satânica. Pôs os olhos nele, e disse-lhe:

— Que queres tu, meu pobre Diabo? As capas de algodão têm agora franjas de seda, como as de veludo tiveram franjas de algodão. Que queres tu? é a eterna contradição humana.

O DICIONÁRIO

O DICIONÁRIO
apresentado por Bernardo Augusto Rivas

Era uma vez...

Submeter-se à ficção prestes a vir é um ato de coragem, ato de alguém à procura de surpresa, entretenimento ou análise. Sacrificar suas barreiras lógicas em prol da literatura machadiana se tornou cotidiano nos atuais dias devido a sua complexa clareza ao descrever fatos que nos envolvem como suaves cobertores. Através de persuasivas letras, podemos navegar em um mundo desconhecido, sem local ou data, em que tudo é possível, até uma drástica mudança no caráter dos indivíduos mais ignorantes. Alteração que é descrita de maneira objetiva, mas que não nega uma viagem neste vasto imaginário.

Desta vez, em um reino perdido no tempo e no espaço, somos defrontados com cidadãos dispostos a sacrificarem-se por uma nova política benéfica para toda a população. Uma pessoa entre todas se destaca pelo seu ofício, suas relações com os residentes e suas propostas para o novo governo. No entanto, como diz o famoso ditado "Se você quer conhecer uma pessoa, dê-lhe poder", aquele curioso personagem de uma fábula já iniciada através de um *começo feliz* constrói seu reinado nos pilares contrários aos seus ideais propostos.

Com o intuito de sentirem-se bem no seu território, novas leis são promulgadas gradualmente e executadas pelo mesmo ser humano. Quais seriam suas ações diante de um governante imprudente e desinteressado pelo bem-estar da população? Não obstante isso, através de novas investidas, encontra a mulher ideal para reinar adjunto a ele. Leitor, você consegue imaginar se, depois de tantos atos deploráveis, o homem cogitaria perguntar-lhe se aceitaria ou algo seria capaz de impedi-lo?

O DICIONÁRIO

Machado de Assis

ERA UMA VEZ um tanoeiro, demagogo, chamado Bernardino, o qual em cosmografia professava a opinião de que este mundo é um imenso tonel de marmelada, e em política pedia o trono para a multidão. Com o fim de a pôr ali, pegou de um pau, concitou os ânimos e deitou abaixo o rei; mas, entrando no paço, vencedor e aclamado, viu que o trono só dava para uma pessoa, e cortou a dificuldade sentando-se em cima.

— Em mim — bradou ele — podeis ver a multidão coroada. Eu sou vós, vós sois eu.

O primeiro ato do novo rei foi abolir a tanoaria, indenizando os tanoeiros, prestes a derrubá-lo, com o título de Magníficos. O segundo foi declarar que, para maior lustre da pessoa e do cargo, passava a chamar-se, em vez de Bernardino, Bernardão. Particularmente encomendou uma genealogia a um grande doutor dessas matérias, que em pouco mais de uma hora o entroncou a um tal ou qual general romano do século IV, Bernardus Tanoarius; — nome que deu lugar à controvérsia, que ainda dura, querendo uns que o rei Bernardão tivesse sido tanoeiro, e outros que isto não passe de uma confusão deplorável com o nome do fundador da família. Já vimos que esta segunda opinião é a única verdadeira.

Como era calvo desde verdes anos, decretou Bernardão que todos os seus súditos fossem igualmente calvos, ou por natureza ou por navalha, e fundou esse ato em uma razão de ordem política, a saber, que a unidade moral do Estado pedia a conformidade exterior das cabeças. Outro ato em que reveleu igual sabedoria, foi o que ordenou que todos os sapatos do pé esquerdo tivessem um pequeno talho no lugar correspondente ao dedo mínimo, dando assim aos seus súditos o ensejo de se parecerem com ele, que padecia de um calo. O uso dos óculos em todo o reino não se explica de outro modo, senão por uma oftalmia que afligiu a Bernardão, logo no segundo ano do reinado. A doença levou-lhe um olho, e foi aqui que se revelou a vocação poética de Bernardão, porque, tendo-lhe dito um dos seus dois ministros, chamado Alfa, que a perda de um olho o fazia igual a Aníbal — comparação que o lisonjeou muito —, o segundo ministro, Ômega, deu um passo adiante, e achou-o superior a Homero, que perdera ambos os olhos. Esta cortesia foi uma revelação; e como isto prende com o casamento, vamos ao casamento.

Tratava-se, em verdade, de assegurar a dinastia dos Tanoarius. Não faltavam noivas ao novo rei, mas nenhuma lhe agradou tanto como a moça Estrelada, bela, rica e ilustre. Esta senhora, que cultivava a música e a poesia, era requestada por alguns cavalheiros, e mostrava-se fiel à dinastia decaída. Bernardão ofereceu-lhe as cousas mais suntuosas e raras, e, por outro lado, a família bradava-lhe que uma coroa na cabeça valia mais que uma saudade no coração; que não fizesse a desgraça dos seus, quando o ilustre Bernardão lhe acenasse com o principado; que os tronos não andavam a rodo, e mais isto, e mais aquilo. Estrelada, porém, resistia à sedução.

Não resistiu muito tempo, mas também não cedeu tudo. Como entre os seus candidatos preferia secretamente um poeta, declarou que estava pronta a casar, mas seria com quem lhe fizesse o melhor madrigal, em concurso. Bernardão aceitou a cláusula, louco de amor e confiado em si: tinha mais um olho que Homero, e fizera a unidade dos pés e das cabeças.

Concorreram ao certame, que foi anônimo e secreto, vinte pessoas. Um dos madrigais foi julgado superior aos outros todos; era justamente o do poeta amado. Bernardão anulou por um decreto o concurso, e mandou abrir outro; mas então, por uma inspiração de insigne maquiavelismo, ordenou que não se empregassem palavras que tivessem menos de trezentos anos de idade. Nenhum dos concorrentes estudara os clássicos: era o meio provável de os vencer.

Não venceu ainda assim porque o poeta amado leu à pressa o que pôde, e o seu madrigal foi outra vez o melhor. Bernardão anulou esse segundo concurso; e, vendo que no madrigal vencedor as locuções antigas davam singular graça aos versos, decretou que só se empregassem as modernas e particularmente as da moda. Terceiro concurso, e terceira vitória do poeta amado.

Bernardão, furioso, abriu-se com os dois ministros, pedindo-lhes um remédio pronto e enérgico, porque, se não ganhasse a mão de Estrelada, mandaria cortar trezentas mil cabeças. Os dois, tendo consultado algum tempo, voltaram com este alvitre:

— Nós, Alfa e Ômega, estamos designados pelos nossos nomes para as coisas que respeitam à linguagem. A nossa ideia é que vossa sublimidade mande recolher todos os dicionários e nos encarregue de compor um vocabulário novo que lhe dará a vitória.

Bernardão assim fez, e os dois meteram-se em casa durante três meses, findos os quais depositaram nas augustas mãos a obra acabada, um livro a que chamaram Dicionário de Babel, porque era realmente a confusão das letras. Nenhuma locução se parecia com a do idioma falado, as consoantes trepavam nas consoantes, as vogais diluíam-se nas vogais, palavras de duas sílabas tinham agora sete e oito, e vice-versa, tudo trocado, misturado, nenhuma energia, nenhuma graça, uma língua de cacos e trapos.

— Obrigue vossa sublimidade esta língua por um decreto, e está tudo feito.

Bernardão concedeu um abraço e uma pensão a ambos, decretou o vocabulário, e declarou que ia fazer-se o concurso definitivo para obter a mão da bela Estrelada. A confusão passou do dicionário aos espíritos; toda a gente andava atônita. Os farsolas cumprimentavam-se na rua pela novas locuções: diziam, por exemplo, em vez de: *Bom dia, como passou? — Pflerrgpxx, rouph, aa?* A própria dama, temendo que o poeta amado perdesse afinal a campanha, propôs-lhe que fugissem; ele, porém, respondeu que ia ver primeiro se podia fazer alguma coisa. Deram noventa dias para o novo concurso e recolheram-se vinte madrigais. O melhor deles, apesar da língua bárbara, foi o do poeta amado. Bernardão, alucinado, mandou cortar as mãos aos dois ministros e foi a única vingança. Estrelada era tão admiravelmente bea, que ele não se atreveu a magoá-la, e cedeu.

Desgostoso, encerrou-se oito dias na biblioteca, lendo, passeando ou meditando. Parece que a última coisa que leu foi uma sátira do poeta Garção, e especialmente estes versos, que pareciam feitos de encomenda:

> O raro Apeles,
> Rubens e Rafael, inimitáveis
> Não se fizeram pela cor das tintas;
> A mistura elegante os fez eternos.

TRÊS TESOUROS PERDIDOS

TESOUROS MACHADIANOS

apresentado por Ezequiel Eric Freire

Conheci Machado tarde, de maneira bastante desconfortável. Na verdade, foi assim a minha iniciação em literatura brasileira. Durante o início de minha juventude, alimentava a fome de leitura com *best-sellers* da época ou clássicos internacionais.

Foi durante o Ensino Médio que os professores viraram tais páginas diante dos meus olhos, obrigando-me a pousar em territórios da estrela nacional, Assis. Talvez seja esta a causa de eu ter, por algum tempo, relutado em apreciar a obra machadiana, vendo-a somente como obrigação acadêmica.

Interessante dizer que antes desta última leitura produzi um ensaio acadêmico e, durante o desenvolvimento do trabalho, li um texto científico sobre a intratextualidade na obra de Machado de Assis. Foi tal acontecimento que me despertou um olhar mais apurado sobre os textos deste, na tentativa de identificar tal característica.

O conto "Três tesouros perdidos" é extremamente simples e transmite as informações narrativas muito claramente ao leitor. A peculiar abordagem que o autor utiliza aqui recorda outros títulos, como *O Alienista* e *Dom Casmurro*. E o ponto que destaco após minha leitura do conto é exatamente este: a intratextualidade de Machado, evidente nessa obra. Tal característica consiste em desenvolver um tema de modo a perpassar várias obras. O escritor desenvolve suas ideias ao longo de diversas produções literárias.

Muito interessante no texto em questão são as iniciações de conceitos apresentadas. É possível compreender a opinião de Assis na sua abordagem acerca de tópicos como ciúme e loucura em trabalhos posteriores, como os já citados *O Alienista* e *Dom Casmurro*. Machado trabalha de forma a pôr em dúvida questões culturais, nas quais se pode perceber uma incoerência vinda da sociedade. Por exemplo, a necessidade de manter a imagem de um casamento perfeito perante o mundo; a definição de loucura, posta em xeque pelo questionamento dos limites entre razão e insanidade; além do tratamento dirigido a loucos, caracterizado exatamente pela tentativa de proporcionar a cura ao anormal. Na narrativa que se segue, é possível observar, então, ideais progenitores dos que sustentam obras posteriores, o que torna a leitura extremamente interessante, pois é capaz de revelar a linha de pensamento de um dos maiores autores da literatura.

TRÊS TESOUROS PERDIDOS

Machado de Assis

Uma tarde, eram quatro horas, o sr. X... voltava à sua casa para jantar. O apetite que levava não o fez reparar em um cabriolé que estava parado à sua porta. Entrou, subiu a escada, penetrou na sala e... dá com os olhos em um homem que passeava a largos passos como agitado por uma interna aflição.

Cumprimentou-o polidamente; mas o homem lançou-se sobre ele e com uma voz alterada, diz-lhe:

— Senhor, eu sou F..., marido da senhora dona E...

— Estimo muito conhecê-lo — responde o sr. X... —; mas não tenho a honra de conhecer a senhora dona E.

— Não a conhece! Não a conhece! ... quer juntar a zombaria à infâmia?

— Senhor!...

E o sr. X... deu um passo para ele.

— Alto lá!

O sr. F... , tirando do bolso uma pistola, continuou:

— Ou o senhor há de deixar esta corte, ou vai morrer como um cão!

— Mas, senhor — disse o sr. X..., a quem a eloquência do sr. F... tinha produzido um certo efeito —, que motivo tem o senhor?...

— Que motivo! É boa! Pois não é um motivo andar o senhor fazendo a corte à minha mulher?

— A corte à sua mulher! Não compreendo!

— Não compreende! oh! Não me faça perder a estribeira.

— Creio que se engana...

— Enganar-me! É boa! ... mas eu o vi... sair duas vezes de minha casa...

— Sua casa!

— No Andaraí... por uma porta secreta... Vamos! ou...

— Mas, senhor, há de ser outro, que se pareça comigo...

— Não; não; é o senhor mesmo... como escapar-me este ar de tolo que ressalta de toda a sua cara? Vamos, ou deixar a corte, ou morrer... Escolha!

Era um dilema. O sr. X... compreendeu que estava metido entre um cavalo e uma pistola. Pois toda a sua paixão era ir a Minas, escolheu o cavalo.

Surgiu, porém, uma objeção.

— Mas, senhor — disse ele — os meus recursos...

— Os seus recursos! Ah! tudo previ... descanse... eu sou um marido previdente.

E tirando da algibeira da casaca uma linda carteira de couro da Rússia, diz-lhe:

— Aqui tem dois contos de réis para os gastos da viagem; vamos, parta! parta imediatamente. Para onde vai?

— Para Minas.

— Oh! a pátria do Tiradentes! Deus o leve a salvamento... Perdoo-lhe, mas não volte a esta corte... Boa viagem!

Dizendo isto, o sr. F... desceu precipitadamente a escada, e entrou no cabriolé, que desapareceu em uma nuvem de poeira.

O sr. X... ficou por alguns instantes pensativo. Não podia acreditar nos seus olhos e ouvidos; pensava sonhar. Um engano trazia-lhe dois contos de réis, e a realização de um dos seus mais caros sonhos. Jantou tranquilamente, e daí a uma hora partia para a terra de Gonzaga, deixando em sua casa apenas um moleque encarregado de instruir, pelo espaço de oito dias, aos seus amigos sobre o seu destino.

No dia seguinte, pelas onze horas da manhã, voltava o sr. F... para a sua chácara de Andaraí, pois tinha passado a noite fora.

Entrou, penetrou na sala, e indo deixar o chapéu sobre uma mesa, viu ali o seguinte bilhete:

Meu caro esposo! Parto no paquete em companhia do teu amigo P... Vou para a Europa. Desculpa a má companhia, pois melhor não podia ser. — Tua E...

Desesperado, fora de si, o sr. F... lança-se a um jornal que perto estava: o paquete tinha partido às oito horas.

— Era P... que eu acreditava meu amigo... Ah! maldição! Ao menos não percamos os dois contos! Tornou a meter-se no cabriolé e dirigiu-se à casa do sr. X..., subiu; apareceu o moleque.

— Teu senhor?

— Partiu para Minas.

O sr. F... desmaiou.

Quando deu acordo de si estava louco... louco varrido!

Hoje, quando alguém o visita, diz ele com um tom lastimoso:

— Perdi três tesouros a um só tempo: uma mulher sem igual, um amigo a toda prova, e uma linda carteira cheia de encantadoras notas... que bem podiam aquecer-me as algibeiras!...

Neste último ponto, o doido tem razão, e parece ser um doido com juízo.

A CARTOMANTE

A CARTOMANTE

apresentado por Thaís Sâmya de Souza

"A cartomante" é mais um dos contos de Machado de Assis cujo final quebra as expectativas, fugindo dos padrões românticos. Abordando os temas paixão, traição e adultério, Machado faz uma análise profunda da psicologia e das contradições humanas, criando personagens imprevisíveis, jogando com insinuações em que se misturam ingenuidade e malícia, sinceridade e hipocrisia. O autor consegue fazer uma crítica humorada e irônica das relações entre os personagens e seus padrões de comportamento. Com todo o seu talento, utiliza uma linguagem sóbria, mas que não despreza os detalhes necessários.

Ao nos mostrar o triângulo entre Rita, Camilo e Vilela, o autor não só apresenta ironicamente os personagens, como também aproveita para mostrar que a vida é um enigma e que nada pode ser previsto, assim Machado nos comprova que não somos senhores de nossos destinos. A citação shakespeariana que o autor utiliza para iniciar o texto — "Há mais coisas no céu e na terra do que sonha a nossa filosofia" — nos alerta desde cedo que podemos esperar qualquer coisa do final desse maravilhoso conto, mas que dificilmente estaremos certos. Nesse momento é quase como se Machado de Assis nos desse uma piscadela de forma a revelar algo. Entretanto, é justamente nesse ponto que ele também nos engana, pois ao lermos as outras obras do autor adquirimos conhecimento sobre seus finais surpreendentes, e por isso não conseguimos optar por acreditar em um final óbvio, ou seguir acreditando que a obviedade seja apenas uma armadilha para cairmos no objetivo do autor, que é nos surpreender.

O que nos prende ao texto é a situação arriscada do triângulo amoroso e do adultério. A cada linha lida, novas suposições são feitas, e um texto agradável, intrigante e totalmente encantador nos prepara para um final em que o misticismo impera. Mesmo sendo um final realista, já gerado no próprio bojo do conto, o ritmo desta magnífica narrativa, que é lento em sua maioria, contrasta com seu desfecho abrupto. E não devemos deixar de perceber a presença de um quê de ironia nesse contraste entre o corpo da narrativa e o final.

Boa leitura!

A CARTOMANTE

Machado de Assis

Hamlet observa a Horácio que há mais coisas no céu e na terra do que sonha a nossa filosofia. Era a mesma explicação que dava a bela Rita ao moço Camilo, numa sexta-feira de novembro de 1869, quando este ria dela, por ter ido na véspera consultar uma cartomante; a diferença é que o fazia por outras palavras.

— Ria, ria. Os homens são assim; não acreditam em nada. Pois saiba que fui, e que ela adivinhou o motivo da consulta, antes mesmo que eu lhe dissesse o que era. Apenas começou a botar as cartas, disse-me: "A senhora gosta de uma pessoa...". Confessei que sim, e então ela continuou a botar as cartas, combinou-as, e no fim declarou-me que eu tinha medo de que você me esquecesse, mas que não era verdade...

— Errou! — interrompeu Camilo, rindo.

— Não diga isso, Camilo. Se você soubesse como eu tenho andado, por sua causa. Você sabe; já lhe disse. Não ria de mim, não ria...

Camilo pegou-lhe nas mãos, e olhou para ela sério e fixo. Jurou que lhe queria muito, que os seus sustos pareciam de criança; em todo o caso, quando tivesse algum receio, a melhor cartomante era ele mesmo. Depois, repreendeu-a; disse-lhe que era imprudente andar por essas casas. Vilela podia sabê-lo, e depois...

— Qual saber! tive muita cautela, ao entrar na casa.

— Onde é a casa?

— Aqui perto, na rua da Guarda Velha; não passava ninguém nessa ocasião. Descansa; eu não sou maluca.

Camilo riu outra vez:

— Tu crês deveras nessas coisas? — perguntou-lhe.

Foi então que ela, sem saber que traduzia Hamlet em vulgar, disse-lhe que havia muita coisa misteriosa e verdadeira neste mundo. Se ele não acreditava, paciência; mas o certo é que a cartomante adivinhara tudo. Que mais? A prova é que ela agora estava tranquila e satisfeita.

Cuido que ele ia falar, mas reprimiu-se. Não queria arrancar-lhe as ilusões. Também ele, em criança, e ainda depois, foi supersticioso, teve um arsenal inteiro de crendices, que a mãe lhe incutiu e que aos vinte anos desapareceram. No dia em que deixou cair toda essa vegetação parasita, e ficou só o tronco da religião, ele, como tivesse recebido da mãe ambos os ensinos, envolveu-os na mesma dúvida, e logo depois em uma só negação total. Camilo não acreditava em nada. Por quê? Não poderia dizê-lo, não possuía um só argumento; limitava-se a negar tudo. E digo mal, porque negar é ainda afirmar, e ele não formulava a incredulidade; diante do mistério, contentou-se em levantar os ombros, e foi andando.

Separaram-se contentes, ele ainda mais que ela. Rita estava certa de ser amada; Camilo, não só o estava, mas via-a estremecer e arriscar-se por ele, correr às cartomantes, e, por mais que a repreendesse, não podia deixar de sentir-se lisonjeado. A casa do encontro era na antiga rua dos Barbonos, onde morava uma comprovinciana de Rita. Esta desceu pela rua das Mangueiras, na direção de Botafogo, onde residia; Camilo desceu pela da Guarda Velha, olhando de passagem para a casa da cartomante.

Vilela, Camilo e Rita, três nomes, uma aventura, e nenhuma explicação das origens. Vamos a ela. Os dois primeiros eram amigos de infância. Vilela seguiu a carreira de magistrado. Camilo entrou no funcionalismo, contra a vontade do pai, que queria vê-lo médico; mas o pai morreu, e Camilo preferiu não ser nada, até que a mãe lhe arranjou um emprego público. No princípio de 1869, voltou Vilela da província, onde casara com uma dama formosa e tonta: abandonou a magistratura e veio abrir banca de advogado. Camilo arranjou-lhe casa para os lados de Botafogo, e foi a bordo recebê-lo.

— É o senhor? — exclamou Rita, estendendo-lhe a mão — Não imagina como meu marido é seu amigo; falava sempre do senhor.

Camilo e Vilela olharam-se com ternura. Eram amigos deveras. Depois, Camilo confessou de si para si que a mulher do Vilela não desmentia as cartas do marido. Realmente, era graciosa e viva nos gestos, olhos cálidos, boca fina e interrogativa. Era um pouco mais velha que ambos: contava trinta anos, Vilela vinte e nove e Camilo vinte e seis. Entretanto, o porte grave de Vilela fazia-o parecer mais velho que a mulher, enquanto Camilo era um ingênuo na vida moral e prática. Faltava-lhe tanto a ação do tempo, como os óculos de cristal, que a natureza põe no berço de alguns para adiantar os anos. Nem experiência, nem intuição.

Uniram-se os três. Convivência trouxe intimidade. Pouco depois morreu a mãe de Camilo, e nesse desastre, que o foi, os dois mostraram--se grandes amigos dele. Vilela cuidou do enterro, dos sufrágios e do inventário; Rita tratou especialmente do coração, e ninguém o faria melhor.

Como daí chegaram ao amor, não o soube ele nunca. A verdade é que gostava de passar as horas ao lado dela; era a sua enfermeira moral, quase uma irmã, mas principalmente era mulher e bonita. *Odor di femmina*: eis o que ele aspirava nela, e em volta dela, para incorporá-lo em si próprio. Liam os mesmos livros, iam juntos a teatros e passeios. Camilo ensinou-lhe as damas e o xadrez e jogavam às noites; — ela mal — ele, para lhe ser agradável, pouco menos mal. Até aí as coisas. Agora a ação da pessoa, os olhos teimosos de Rita, que procuravam muita vez os dele, que os consultavam antes de o fazer ao marido, as mãos frias, as atitudes insólitas. Um dia, fazendo ele anos, recebeu de Vilela uma rica bengala de presente, e de Rita apenas um cartão com um vulgar cumprimento a lápis, e foi então que ele pôde ler no próprio coração; não conseguia arrancar os olhos do bilhetinho. Palavras vulgares; mas há vulgaridades sublimes, ou, pelo menos, deleitosas. A velha caleça de praça, em que pela primeira vez passeaste com a mulher amada, fechadinhos ambos, vale o carro de Apolo. Assim é o homem, assim são as coisas que o cercam.

Camilo quis sinceramente fugir, mas já não pôde. Rita, como uma serpente, foi-se acercando dele, envolveu-o todo, fez-lhe estalar os ossos num espasmo, e pingou-lhe o veneno na boca. Ele ficou atordoado e subjugado. Vexame, sustos, remorsos, desejos, tudo sentiu de mistura; mas a batalha foi curta e a vitória delirante. Adeus, escrúpulos! Não tardou que o sapato se acomodasse ao pé, e aí foram ambos, estrada fora, braços dados, pisando folgadamente por cima de ervas e pedregulhos, sem padecer nada mais que algumas saudades, quando estavam ausentes um do outro. A confiança e estima de Vilela continuavam a ser as mesmas.

Um dia, porém, recebeu Camilo uma carta anônima, que lhe chamava imoral e pérfido, e dizia que a aventura era sabida de todos. Camilo teve medo, e, para desviar as suspeitas, começou a rarear as visitas à casa de Vilela. Este notou-lhe as ausências. Camilo respondeu que o motivo era uma paixão frívola de rapaz. Candura gerou astúcia. As ausências prolongaram-se, e as visitas cessaram inteiramente. Pode ser que entrasse também nisso um pouco de amor-próprio, uma intenção de diminuir os obséquios do marido, para tornar menos dura a aleivosia do ato.

Foi por esse tempo que Rita, desconfiada e medrosa, correu à cartomante para consultá-la sobre a verdadeira causa do procedimento de Camilo. Vimos que a cartomante restituiu-lhe a confiança, e que o rapaz repreendeu-a por ter feito o que fez. Correram ainda algumas semanas. Camilo recebeu mais duas ou três cartas anônimas, tão apaixonadas, que não podiam ser advertência da virtude, mas despeito de algum pretendente; tal foi a opinião de Rita, que, por outras palavras mal compostas, formulou este pensamento: — a virtude é preguiçosa e avara, não gasta tempo nem papel; só o interesse é ativo e pródigo.

Nem por isso Camilo ficou mais sossegado; temia que o anônimo fosse ter com Vilela, e a catástrofe viria então sem remédio. Rita concordou que era possível.

— Bem — disse ela —, eu levo os sobrescritos para comparar a letra com as das cartas que lá aparecerem; se alguma for igual, guardo-a e rasgo-a...

Nenhuma apareceu; mas daí a algum tempo Vilela começou a mostrar-se sombrio, falando pouco, como desconfiado. Rita deu-se pressa em dizê-lo ao outro, e sobre isso deliberaram. A opinião dela é que Camilo devia tornar à casa deles, tatear o marido, e pode ser até que lhe ouvisse a confidência de algum negócio particular. Camilo divergia; aparecer depois de tantos meses era confirmar a suspeita ou denúncia. Mais valia acautelarem-se, sacrificando-se por algumas semanas. Combinaram os meios de se corresponderem, em caso de necessidade, e separaram-se com lágrimas.

No dia seguinte, estando na repartição, recebeu Camilo este bilhete de Vilela: "Vem já, já, à nossa casa; preciso falar-te sem demora". Era mais de meio-dia. Camilo saiu logo; na rua, advertiu que teria sido mais natural chamá-lo ao escritório; por que em casa? Tudo indicava matéria especial, e a letra, fosse realidade ou ilusão, afigurou-se-lhe trêmula. Ele combinou todas essas coisas com a notícia da véspera.

— Vem já, já, à nossa casa; preciso falar-te sem demora — repetia ele com os olhos no papel.

Imaginariamente, viu a ponta da orelha de um drama, Rita subjugada e lacrimosa, Vilela indignado, pegando na pena e escrevendo o bilhete, certo de que ele acudiria, e esperando-o para matá-lo. Camilo estremeceu, tinha medo: depois sorriu amarelo, e em todo caso repugnava-lhe a ideia de recuar, e foi andando. De caminho, lembrou-se de ir a casa; podia achar algum recado de Rita, que lhe explicasse tudo. Não achou nada, nem ninguém. Voltou à rua, e a ideia de estarem descobertos parecia-lhe cada vez mais verossímil; era natural uma denúncia anônima, até da própria pessoa que o ameaçara antes; podia ser que Vilela conhecesse agora tudo. A mesma suspensão das suas visitas, sem motivo aparente, apenas com um pretexto fútil, viria confirmar o resto.

Camilo ia andando inquieto e nervoso. Não relia o bilhete, mas as palavras estavam decoradas, diante dos olhos, fixas; ou então — o que era ainda pior — eram-lhe murmuradas ao ouvido, com a própria voz de Vilela. "Vem já, já à nossa casa; preciso falar-te sem demora." Ditas assim, pela voz do outro, tinham um tom de mistério e ameaça. Vem, já, já, para quê? Era perto de uma hora da tarde. A comoção crescia de minuto a minuto. Tanto imaginou o que se iria passar, que chegou a crê-lo e vê-lo. Positivamente, tinha medo. Entrou a cogitar em ir armado, considerando que, se nada houvesse, nada perdia, e a precaução era útil. Logo depois rejeitava a ideia, vexado de si mesmo, e seguia, picando o passo, na direção do Largo da Carioca, para entrar num tílburi. Chegou, entrou e mandou seguir a trote largo.

— Quanto antes, melhor — pensou ele — não posso estar assim...

Mas o mesmo trote do cavalo veio agravar-lhe a comoção. O tempo voava, e ele não tardaria a entestar com o perigo. Quase no fim da Rua da Guarda Velha, o tílburi teve de parar; a rua estava atravancada com uma carroça, que caíra. Camilo, em si mesmo, estimou o obstáculo, e esperou. No fim de cinco minutos, reparou que ao lado, à esquerda, ao pé do tílburi, ficava a casa da cartomante, a quem Rita consultara uma vez, e nunca ele desejou tanto crer na lição das cartas. Olhou, viu as janelas fechadas, quando todas as outras estavam abertas e pejadas de curiosos do incidente da rua. Dir-se-ia a morada do indiferente Destino.

Camilo reclinou-se no tílburi, para não ver nada. A agitação dele era grande, extraordinária, e do fundo das camadas morais emergiam alguns fantasmas de outro tempo, as velhas crenças, as superstições antigas. O cocheiro propôs-lhe voltar a primeira travessa, e ir por outro caminho; ele respondeu que não, que esperasse. E inclinava-se para fitar a casa... Depois fez um gesto incrédulo: era a ideia de ouvir a cartomante, que lhe passava ao longe, muito longe, com vastas asas cinzentas; desapareceu, reapareceu, e tornou a esvair-se no cérebro; mas daí a pouco moveu outra vez as asas, mais perto, fazendo uns giros concêntricos... Na rua, gritavam os homens, safando a carroça:

— Anda! agora! empurra! vá! vá!

Daí a pouco estaria removido o obstáculo. Camilo fechava os olhos, pensava em outras coisas; mas a voz do marido sussurrava-lhe às orelhas as palavras da carta: "Vem já, já..." E ele via as contorções do drama e tremia. A casa olhava para ele. As pernas queriam descer e entrar... Camilo achou-se diante de um longo véu opaco... pensou rapidamente no inexplicável de tantas coisas. A voz da mãe repetia-lhe uma porção de casos extraordinários; e a mesma frase do príncipe de Dinamarca reboava-lhe dentro: "Há mais coisas no céu e na terra do que sonha a filosofia..." Que perdia ele, se...?

Deu por si na calçada, ao pé da porta; disse ao cocheiro que esperasse, e rápido enfiou pelo corredor, e subiu a escada. A luz era pouca, os degraus comidos dos pés, o corrimão pegajoso; mas ele não viu nem sentiu nada. Trepou e bateu. Não aparecendo ninguém, teve ideia de descer; mas era tarde, a curiosidade fustigava-lhe o sangue, as fontes latejavam-lhe; ele tornou a bater uma, duas, três pancadas. Veio uma mulher; era a cartomante. Camilo disse que ia consultá-la, ela fê-lo entrar. Dali subiram ao sótão, por uma escada ainda pior que a primeira e mais escura. Em cima, havia uma salinha, mal alumiada por uma janela, que dava para os telhados dos fundos. Velhos trastes, paredes sombrias, um ar de pobreza, que antes aumentava do que destruía o prestígio.

A cartomante fê-lo sentar diante da mesa, e sentou-se do lado oposto, com as costas para a janela, de maneira que a pouca luz de fora batia em cheio no rosto de Camilo. Abriu uma gaveta e tirou um baralho de cartas compridas e enxovalhadas. Enquanto as baralhava, rapidamente, olhava para ele, não de rosto, mas por baixo dos olhos. Era uma mulher de quarenta anos, italiana, morena e magra, com grandes olhos sonsos e agudos. Voltou três cartas sobre a mesa, e disse-lhe:

— Vejamos primeiro o que é que o traz aqui. O senhor tem um grande susto...

Camilo, maravilhado, fez um gesto afirmativo.

— E quer saber, continuou ela — se lhe acontecerá alguma coisa ou não...

— A mim e a ela — explicou vivamente ele.

A cartomante não sorriu; disse-lhe só que esperasse. Rápido pegou outra vez as cartas e baralhou-as, com os longos dedos finos, de unhas descuradas; baralhou-as bem, transpôs os maços, uma, duas, três vezes; depois começou a estendê-las. Camilo tinha os olhos nela, curioso e ansioso.

— As cartas dizem-me...

Camilo inclinou-se para beber uma a uma as palavras. Então ela declarou-lhe que não tivesse medo de nada. Nada aconteceria nem a um nem a outro; ele, o terceiro, ignorava tudo. Não obstante, era indispensável mais cautela; ferviam invejas e despeitos. Falou-lhe do amor que os ligava, da beleza de Rita... Camilo estava deslumbrado. A cartomante acabou, recolheu as cartas e fechou-as na gaveta.

— A senhora restituiu-me a paz ao espírito — disse ele estendendo a mão por cima da mesa e apertando a da cartomante.

Esta levantou-se, rindo.

— Vá, disse ela; vá, *ragazzo innamorato*...

E de pé, com o dedo indicador, tocou-lhe na testa. Camilo estremeceu, como se fosse mão da própria sibila, e levantou-se também.

A cartomante foi à cômoda, sobre a qual estava um prato com passas, tirou um cacho destas, começou a despencá-las e comê-las, mostrando duas fileiras de dentes que desmentiam as unhas. Nessa mesma ação comum, a mulher tinha um ar particular. Camilo, ansioso por sair, não sabia como pagasse; ignorava o preço.

— Passas custam dinheiro — disse ele afinal, tirando a carteira. — Quantas quer mandar buscar?

— Pergunte ao seu coração, respondeu ela.

Camilo tirou uma nota de dez mil-réis, e deu-lha. Os olhos da cartomante fuzilaram. O preço usual era dois mil-réis.

— Vejo bem que o senhor gosta muito dela... E faz bem; ela gosta muito do senhor. Vá, vá tranquilo. Olhe a escada, é escura; ponha o chapéu...

A cartomante tinha já guardado a nota na algibeira, e descia com ele, falando, com um leve sotaque. Camilo despediu-se dela embaixo, e desceu a escada que levava à rua, enquanto a cartomante, alegre com a paga, tornava acima, cantarolando uma barcarola. Camilo achou o tílburi esperando; a rua estava livre. Entrou e seguiu a trote largo.

Tudo lhe parecia agora melhor, as outras coisas traziam outro aspecto, o céu estava límpido e as caras joviais. Chegou a rir dos seus receios, que chamou pueris; recordou os termos da carta de Vilela e reconheceu que eram íntimos e familiares. Onde é que ele lhe descobrira a ameaça? Advertiu também que eram urgentes, e que fizera mal em demorar-se tanto; podia ser algum negócio grave e gravíssimo.

— Vamos, vamos depressa — repetia ele ao cocheiro.

E consigo, para explicar a demora ao amigo, engenhou qualquer coisa; parece que formou também o plano de aproveitar o incidente para tornar à antiga assiduidade... De volta com os planos, reboavam-lhe na alma as palavras da cartomante. Em verdade, ela adivinhara o objeto da consulta, o estado dele, a existência de um terceiro; por que não adivinharia o resto? O presente que se ignora vale o futuro. Era assim, lentas e contínuas, que as velhas crenças do rapaz iam tornando ao de cima, e o mistério empolgava-o com as unhas de ferro. Às vezes queria rir, e ria de si mesmo, algo vexado; mas a mulher, as cartas, as palavras secas e afirmativas, a exortação: — Vá, vá, *ragazzo innamorato*; e no fim, ao longe, a barcarola da despedida, lenta e graciosa, tais eram os elementos recentes, que formavam, com os antigos, uma fé nova e vivaz.

A verdade é que o coração ia alegre e impaciente, pensando nas horas felizes de outrora e nas que haviam de vir. Ao passar pela Glória, Camilo olhou para o mar, estendeu os olhos para fora, até onde a água e o céu dão um abraço infinito, e teve assim uma sensação do futuro, longo, longo, interminável.

Daí a pouco chegou à casa de Vilela. Apeou-se, empurrou a porta de ferro do jardim e entrou. A casa estava silenciosa. Subiu os seis degraus de pedra, e mal teve tempo de bater, a porta abriu-se, e apareceu-lhe Vilela.

— Desculpa, não pude vir mais cedo; que há?

Vilela não lhe respondeu; tinha as feições decompostas; fez-lhe sinal, e foram para uma saleta interior. Entrando, Camilo não pôde sufocar um grito de terror: — ao fundo sobre o canapé, estava Rita morta e ensanguentada. Vilela pegou-o pela gola, e, com dois tiros de revólver, estirou-o morto no chão.

O ESPELHO
ESBOÇO DE UMA NOVA
TEORIA DA ALMA HUMANA

UM ESBOÇO MACHADIANO DE UMA SOCIEDADE DE INDIVÍDUOS E APARÊNCIA

apresentado por Jordy Bolivar Pasa

Um conto. Uma teoria. Os dois, quem sabe. É assim que muitos explicam "O espelho", uma das mais famosas e discutidas obras de Machado de Assis. Mas analisar esse texto representa, para qualquer um, desafio. Primeiramente, o tema abordado por Machado não poderia ser mais divergente: a alma humana. E o personagem (e, logo, o autor) imediatamente propõe sua linha de pensamento, afirmando que o ser humano não possui somente uma alma, mas sim duas. "O espelho" é quase um pequeno ensaio da visão machadiana do ser humano diante de importantes aspectos.

Desse modo, Machado inicia seu esboço e vai além do fato de que, segundo ele, o ser humano possui uma alma interna e outra externa. Pensar nessas almas, seguindo nossos antigos conceitos, torna a análise do texto superficial. Tentar entender o objeto de estudo do autor é o ponto que se deve almejar. Talvez considere besteira, mas quantas vezes você já parou para pensar em o que é a alma? Se o senso comum nos diz que ela nos mantém verdadeiramente vivos, então o que esse "manter vivo" representa? Quais motivações fazem com que acordemos todos os dias, levantemos de nossas camas e enfrentemos o dia? Talvez com algumas respostas para essas perguntas possamos chegar a conclusões sobre nossa própria alma. E se até Machado de Assis nos conta uma experiência para provar sua teoria, por que não podemos nós fazer o mesmo? Basta pensar na sua vida e no que te motiva, mesmo que seja somente agora. Consegue descobrir o que te faz continuar trabalhando, estudando ou fazendo seja lá o que for? E se a alma nos mantém vivos, e ao mesmo tempo tais coisas também, então não seriam elas sinônimos?

Mesmo tanto tempo após ter sido escrito, "O espelho" se mantém atual porque trata de um assunto que nos é intrínseco, ou que ao menos se tornou, no atual padrão de sociedade. O objeto espelho é muito significativo, pois representa uma grande metáfora que demonstra com maestria o que a tal alma exterior representa. Um espelho mostra como nós somos. Mostra o que somos para os outros. Afinal, hoje em dia não basta apenas ser para si, mas também temos que ser para quem nos cerca. Podemos dizer que, em boa parte do tempo, nos mantemos vivos alimentados por elogios alheios, por situações em que nos sentimos algo ou alguém relevante. E por isso os outros se tornaram metade de nossa alma, porque é deles que vem a aprovação de que precisamos para sobreviver. A alma interior continua com nossos sentimentos, nossas emoções e individualidades, mas somos mais do que nunca seres que definham quando sozinhos. O espelho é mais do que um objeto, é uma sociedade que adota um sistema de qualidade e nos rotula como aprovados ou não. E, além de nós mesmos, é desse carimbo que precisamos para viver. É desse carimbo que precisamos para enxergar nossos próprios contornos definidos no espelho.

O ESPELHO
ESBOÇO DE UMA NOVA TEORIA DA ALMA HUMANA

Machado de Assis

Quatro ou cinco cavalheiros debatiam, uma noite, várias questões de alta transcendência, sem que a disparidade dos votos trouxesse a menor alteração aos espíritos. A casa ficava no morro de Santa Teresa, a sala era pequena, alumiada a velas, cuja luz fundia-se misteriosamente com o luar que vinha de fora. Entre a cidade, com as suas agitações e aventuras, e o céu, em que as estrelas pestanejavam, através de uma atmosfera límpida e sossegada, estavam os nossos quatro ou cinco investigadores de coisas metafísicas, resolvendo amigavelmente os mais árduos problemas do universo.

Por que quatro ou cinco? Rigorosamente eram quatro os que falavam; mas, além deles, havia na sala um quinto personagem, calado, pensando, cochilando, cuja espórtula no debate não passava de um ou outro resmungo de aprovação. Esse homem tinha a mesma idade dos companheiros, entre quarenta e cinquenta anos, era provinciano, capitalista, inteligente, não sem instrução, e, ao que parece, astuto e cáustico. Não discutia nunca: e defendia-se da abstenção com um paradoxo, dizendo que a discussão é a forma polida do instinto batalhador, que jaz no homem, como uma herança bestial; e acrescentava que os serafins e os querubins não controvertiam nada, e, aliás, eram a perfeição espiritual e eterna. Como desse esta mesma resposta naquela noite, contestou-lha um dos presentes, e desafiou-o a demonstrar o que dizia, se era capaz. Jacobina (assim se chamava ele) refletiu um instante, e respondeu:

— Pensando bem, talvez o senhor tenha razão.

Vai senão quando, no meio da noite, sucedeu que este casmurro usou da palavra, e não dois ou três minutos, mas trinta ou quarenta. A conversa, em seus meandros, veio a cair na natureza da alma, ponto que dividiu radicalmente os quatro amigos. Cada cabeça, cada sentença; não só o acordo, mas a mesma discussão tornou-se difícil, senão impossível, pela multiplicidade das questões que se deduziram do tronco principal, e um pouco, talvez, pela inconsistência dos pareceres. Um dos argumentadores pediu ao Jacobina alguma opinião — uma conjetura, ao menos.

— Nem conjetura, nem opinião — redarguiu ele —; uma ou outra pode dar lugar a dissentimento, e, como sabem, eu não discuto. Mas, se querem ouvir-me calados, posso contar-lhes um caso de minha vida, em que ressalta a mais clara demonstração acerca da matéria de que se trata. Em primeiro lugar, não há uma só alma, há duas...

— Duas?

— Nada menos de duas almas. Cada criatura humana traz duas almas consigo: uma que olha de dentro para fora, outra que olha de fora para dentro... Espantem-se à vontade; podem ficar de boca aberta, dar de ombros, tudo; não admito réplica. Se me replicarem, acabo o charuto e vou dormir. A alma exterior pode ser um espírito, um fluido, um homem, muitos homens, um objeto, uma operação. Há casos, por exemplo, em que um simples botão de camisa é a alma exterior de uma pessoa; — e assim também a polca, o voltarete, um livro, uma máquina, um par de botas, uma cavatina, um tambor etc. Está claro que o ofício dessa segunda alma é transmitir a vida, como a primeira; as duas completam o homem, que é, metafisicamente falando, uma laranja. Quem perde uma das metades, perde naturalmente metade da existência; e casos há, não raros, em que a perda da alma exterior implica a da existência inteira. Shylock, por exemplo. A alma exterior daquele judeu eram os seus ducados; perdê-los equivalia a morrer. "Nunca mais verei o meu ouro, diz ele a Tubal; *é um punhal que me enterras no coração*." Vejam bem esta frase; a perda dos ducados, alma exterior, era a morte para ele. Agora, é preciso saber que a alma exterior não é sempre a mesma...

— Não?

— Não, senhor; muda de natureza e de estado. Não aludo a certas almas absorventes, como a pátria, com a qual disse o Camões que morria, e o poder, que foi a alma exterior de César e de Cromwell. São almas enérgicas e exclusivas; mas há outras, embora enérgicas, de natureza mudável. Há cavalheiros, por exemplo, cuja alma exterior, nos primeiros anos, foi um chocalho ou um cavalinho de pau, e mais tarde uma provedoria de irmandade, suponhamos. Pela minha parte, conheço uma senhora — na verdade, gentilíssima — que muda de alma exterior cinco, seis vezes por ano. Durante a estação lírica é a ópera; cessando a estação, a alma exterior substitui-se por outra: um concerto, um baile do Cassino, a rua do Ouvidor, Petrópolis...

— Perdão; essa senhora quem é?

— Essa senhora é parenta do diabo, e tem o mesmo nome: chama-se Legião... E assim outros mais casos. Eu mesmo tenho experimentado dessas trocas. Não as relato, porque iria longe; restrinjo-me ao episódio de que lhes falei. Um episódio dos meus vinte e cinco anos...

Os quatro companheiros, ansiosos de ouvir o caso prometido, esqueceram a controvérsia. Santa curiosidade! tu não és só a alma da civilização, és também o pomo da concórdia, fruta divina, de outro sabor que não aquele pomo da mitologia. A sala, até há pouco ruidosa de física e metafísica, é agora um mar morto; todos os olhos estão no Jacobina, que conserta a ponta do charuto, recolhendo as memórias. Eis aqui como ele começou a narração:

— Tinha vinte e cinco anos, era pobre, e acabava de ser nomeado alferes da guarda nacional. Não imaginam o acontecimento que isto foi em nossa casa. Minha mãe ficou tão orgulhosa! tão contente! Chamava-me o seu alferes. Primos e tios, foi tudo uma alegria sincera e pura. Na vila, note-se bem, houve alguns despeitados; choro e ranger de dentes, como na Escritura; e o motivo não foi outro senão que o posto tinha muitos candidatos e que estes perderam. Suponho também que uma parte do desgosto foi inteiramente gratuita: nasceu da simples distinção. Lembra-me de alguns rapazes que se davam comigo, e passaram a olhar-me de revés, durante algum tempo. Em compensação, tive muitas pessoas que ficaram satisfeitas com a nomeação; e a prova é que todo o fardamento me foi dado por amigos... Vai então uma das minhas tias, d. Marcolina, viúva do capitão Peçanha, que morava a muitas léguas da vila, num sítio escuso e solitário, desejou ver-me, e pediu que fosse ter com ela e levasse a farda. Fui, acompanhado de um pajem, que daí a dias tornou à vila, porque a tia Marcolina, apenas me pilhou no sítio, escreveu a minha mãe dizendo que não me soltava antes de um mês, pelo menos. E abraçava-me! Chamava-me também o seu alferes. Achava-me um rapagão bonito. Como era um tanto patusca, chegou a confessar que tinha inveja da moça que houvesse de ser minha mulher. Jurava que em toda a província não havia outro que me pusesse o pé adiante. E sempre alferes; era alferes para cá, alferes para lá, alferes a toda a hora. Eu pedia-lhe que me chamasse Joãozinho, como dantes; e ela abanava a cabeça, bradando que não, que era o "senhor alferes". Um cunhado dela, irmão do finado Peçanha, que ali morava, não me chamava de outra maneira. Era o "senhor alferes", não por gracejo, mas a sério, e à vista dos escravos, que naturalmente foram pelo mesmo caminho. Na mesa tinha eu o melhor lugar, e era o primeiro servido. Não imaginam. Se lhes disser que o entusiasmo da tia Marcolina chegou ao ponto de mandar pôr no meu quarto um grande espelho, obra rica e magnífica, que destoava do resto da casa, cuja mobília era modesta e simples... Era um espelho que lhe dera a madrinha, e que esta herdara da mãe, que o comprara a uma das fidalgas vindas em 1808 com a corte de D. João VI. Não sei o que havia nisso de verdade; era a tradição. O espelho estava naturalmente muito velho; mas via-se-lhe ainda o ouro, comido em parte pelo tempo, uns delfins esculpidos nos ângulos superiores da moldura, uns enfeites de madrepérola e outros caprichos do artista. Tudo velho, mas bom...

— Espelho grande?

— Grande. E foi, como digo, uma enorme fineza, porque o espelho estava na sala; era a melhor peça da casa. Mas não houve forças que a demovessem do propósito; respondia que não fazia falta, que era só por algumas semanas, e finalmente que o "senhor alferes" merecia muito mais. O certo é que todas essas coisas, carinhos, atenções, obséquios, fizeram em mim uma transformação, que o natural sentimento da mocidade ajudou e completou. Imaginam, creio eu?

— Não.

— O alferes eliminou o homem. Durante alguns dias as duas naturezas equilibraram-se; mas não tardou que a primitiva cedesse à outra; ficou-me uma parte mínima de humanidade. Aconteceu então que a alma exterior, que era dantes o sol, o ar, o campo, os olhos das moças, mudou de natureza, e passou a ser a cortesia e os rapapés da casa, tudo o que me falava do posto, nada do que me falava do homem. A única parte do cidadão que ficou comigo foi aquela que entendia com o exercício da patente; a outra dispersou-se no ar e no passado. Custa-lhes acreditar, não?

— Custa-me até entender — respondeu um dos ouvintes.

— Vai entender. Os fatos explicarão melhor os sentimentos; os fatos são tudo. A melhor definição do amor não vale um beijo de moça namorada; e, se bem me lembro, um filósofo antigo demonstrou o movimento andando. Vamos aos fatos. Vamos ver como, ao tempo em que a consciência do homem se obliterava, a do alferes tornava-se viva e intensa. As dores humanas, as alegrias humanas, se eram só isso, mal obtinham de mim uma compaixão apática ou um sorriso de favor. No fim de três semanas, era outro, totalmente outro. Era exclusivamente alferes. Ora, um dia recebeu a tia Marcolina uma notícia grave; uma de suas filhas, casada com um lavrador residente dali a cinco léguas, estava mal e à morte. Adeus, sobrinho! adeus, alferes! Era mãe extremosa, armou logo uma viagem, pediu ao cunhado que fosse com ela, e a mim que tomasse conta do sítio. Creio que, se não fosse a aflição, disporia o contrário; deixaria o cunhado e iria comigo. Mas o certo é que fiquei só, com os poucos escravos da casa. Confesso-lhes que desde logo senti uma grande opressão, alguma coisa semelhante ao efeito de quatro paredes de um cárcere, subitamente levantadas em torno de mim. Era a alma exterior que se reduzia; estava agora limitada a alguns espíritos boçais. O alferes continuava a dominar em mim, embora a vida fosse menos intensa, e a consciência mais débil. Os escravos punham uma nota de humildade nas suas cortesias, que de certa maneira compensava a afeição dos parentes e a intimidade doméstica interrompida. Notei mesmo, naquela noite, que eles redobravam de respeito, de alegria, de protestos. Nhô alferes de minuto a minuto. Nhô alferes é muito bonito; nhô alferes há de ser coronel; nhô alferes há de casar com moça bonita, filha de general; um concerto de louvores e profecias, que me deixou extático. Ah! pérfidos! mal podia eu suspeitar a intenção secreta dos malvados.

— Matá-lo?

— Antes assim fosse.

— Coisa pior?

— Ouçam-me. Na manhã seguinte achei-me só. Os velhacos, seduzidos por outros, ou de movimento próprio, tinham resolvido fugir durante a noite; e assim fizeram. Achei-me só, sem mais ninguém, entre quatro paredes, diante do terreiro deserto e da roça abandonada. Nenhum fôlego humano. Corri a casa toda, a senzala, tudo, nada, ninguém, um molequinho que fosse. Galos e galinhas tão-somente, um par de mulas, que filosofavam a vida, sacudindo as moscas, e três bois. Os mesmos cães foram levados pelos escravos. Nenhum ente humano. Parece-lhes que isto era melhor do que ter morrido? era pior. Não por medo; juro-lhes que não tinha medo; era um pouco atrevidinho, tanto que não senti nada, durante as primeiras horas. Fiquei triste por causa do dano causado à tia Marcolina; fiquei também um pouco perplexo, não sabendo se devia ir ter com ela, para lhe dar a triste notícia, ou ficar tomando conta da casa. Adotei o segundo alvitre, para não desamparar a casa, e porque, se a minha prima enferma estava mal, eu ia somente aumentar a dor da mãe, sem remédio nenhum; finalmente, esperei que o irmão do tio Peçanha voltasse naquele dia ou no outro, visto que tinha saído havia já trinta e seis horas. Mas a manhã passou sem vestígio dele; à tarde comecei a sentir a sensação como de pessoa que houvesse perdido toda a ação nervosa, e não tivesse consciência da ação muscular. O irmão do tio Peçanha não voltou nesse dia, nem no outro, nem em toda aquela semana. Minha solidão tomou proporções enormes. Nunca os dias foram mais compridos, nunca o sol abrasou a terra com uma obstinação mais cansativa. As horas batiam de século a século, no velho relógio da sala, cuja pêndula, *tic-tac, tic-tac*, feria-me a alma interior, como um piparote contínuo da eternidade. Quando, muitos anos depois, li uma poesia americana, creio que de Longfellow, e topei este famoso estribilho: *Never, for ever! — For ever, never!* confesso-lhes que tive um calafrio: recordei-me daqueles dias medonhos. Era justamente assim que fazia o relógio da tia Marcolina: — *Never, for ever! — For ever, never!* Não eram golpes de pêndula, era um diálogo do abismo, um cochicho do nada. E então de noite! Não que a noite fosse mais silenciosa. O silêncio era o mesmo que de dia. Mas a noite era a sombra, era a solidão ainda mais estreita, ou mais larga. *Tic-tac, tic-tac.* Ninguém nas salas, na varanda, nos corredores, no terreiro, ninguém em parte nenhuma... Riem-se?

— Sim, parece que tinha um pouco de medo.

— Oh! fora bom se eu pudesse ter medo! Viveria. Mas o característico daquela situação é que eu nem sequer podia ter medo, isto é, o medo vulgarmente entendido. Tinha uma sensação inexplicável. Era como um defunto andando, um sonâmbulo, um boneco mecânico. Dormindo, era outra coisa. O sono dava-me alívio, não pela razão comum de ser irmão da morte, mas por outra. Acho que posso explicar assim esse fenômeno: — o sono, eliminando a necessidade de uma alma exterior, deixava atuar a alma interior. Nos sonhos, fardava-me, orgulhosamente, no meio da família e dos amigos, que me elogiavam o garbo, que me chamavam alferes; vinha um amigo de nossa casa, e prometia-me o posto de tenente, outro o de capitão ou major; e tudo isso fazia-me viver. Mas quando acordava, dia claro, esvaía-se com o sono a consciência do meu ser novo e único — porque a alma interior perdia a ação exclusiva, e ficava dependente da outra, que teimava em não tornar... Não tornava. Eu saía fora, a um lado e outro, a ver se descobria algum sinal de regresso. *Soeur Anne, soeur Anne, ne vois-tu rien venir?* Nada, coisa nenhuma; tal qual como na lenda francesa. Nada mais do que a poeira da estrada e o capinzal dos morros. Voltava para casa, nervoso, desesperado, estirava-me no canapé da sala. *Tic-tac, tic-tac.* Levantava-me, passeava, tamborilava nos vidros das janelas, assobiava. Em certa ocasião lembrei-me de escrever alguma coisa, um artigo político, um romance, uma ode; não escolhi nada definitivamente; sentei-me e tracei no papel algumas palavras e frases soltas, para intercalar no estilo. Mas o estilo, como tia Marcolina, deixava-se estar. *Soeur Anne, soeur Anne...* Coisa nenhuma. Quando muito via negrejar a tinta e alvejar o papel.

— Mas não comia?

— Comia mal, frutas, farinha, conservas, algumas raízes tostadas ao fogo, mas suportaria tudo alegremente, se não fora a terrível situação moral em que me achava. Recitava versos, discursos, trechos latinos, liras de Gonzaga, oitavas de Camões, décimas, uma antologia em trinta volumes. Às vezes fazia ginástica; outras dava beliscões nas pernas; mas o efeito era só uma sensação física de dor ou de cansaço, e mais nada. Tudo silêncio, um silêncio vasto, enorme, infinito, apenas sublinhado pelo eterno *tic-tac* da pêndula. *Tic-tac, tic-tac...*

— Na verdade, era de enlouquecer.

—Vão ouvir coisa pior. Convém dizer-lhes que, desde que ficara só, não olhara uma só vez para o espelho. Não era abstenção deliberada, não tinha motivo; era um impulso inconsciente, um receio de achar-me um e dois, ao mesmo tempo, naquela casa solitária; e se tal explicação é verdadeira, nada prova melhor a contradição humana, porque no fim de oito dias deu-me na veneta de olhar para o espelho com o fim justamente de achar-me dois. Olhei e recuei. O próprio vidro parecia conjurado com o resto do universo; não me estampou a figura nítida e inteira, mas vaga, esfumada, difusa, sombra de sombra. A realidade das leis físicas não permite negar que o espelho reproduziu-me textualmente, com os mesmos contornos e feições; assim devia ter sido. Mas tal não foi a minha sensação. Então tive medo; atribuí o fenômeno à excitação nervosa em que andava; receei ficar mais tempo, e enlouquecer. —Vou-me embora, disse comigo. E levantei o braço com gesto de mau humor, e ao mesmo tempo de decisão, olhando para o vidro; o gesto lá estava, mas disperso, esgarçado, mutilado... Entrei a vestir-me, murmurando comigo, tossindo sem tosse, sacudindo a roupa com estrépito, afligindo-me a frio com os botões, para dizer alguma coisa. De quando em quando, olhava furtivamente para o espelho; a imagem era a mesma difusão de linhas, a mesma decomposição de contornos... Continuei a vestir-me. Subitamente por

uma inspiração inexplicável, por um impulso sem cálculo, lembrou-me...
Se forem capazes de adivinhar qual foi a minha ideia...

— Diga.

— Estava a olhar para o vidro, com uma persistência de desesperado, contemplando as próprias feições derramadas e inacabadas, uma
nuvem de linhas soltas, informes, quando tive o pensamento... Não, não
são capazes de adivinhar.

— Mas, diga, diga.

— Lembrou-me vestir a farda de alferes. Vesti-a, aprontei-me de
todo; e, como estava defronte do espelho, levantei os olhos, e... não lhes
digo nada; o vidro reproduziu então a figura integral; nenhuma linha
de menos, nenhum contorno diverso; era eu mesmo, o alferes, que
achava, enfim, a alma exterior. Essa alma ausente com a dona do sítio,
dispersa e fugida com os escravos, ei-la recolhida no espelho. Imaginai
um homem que, pouco a pouco, emerge de um letargo, abre os olhos
sem ver, depois começa a ver, distingue as pessoas dos objetos, mas
não conhece individualmente uns nem outros; enfim, sabe que este é
Fulano, aquele é Sicrano; aqui está uma cadeira, ali um sofá. Tudo volta
ao que era antes do sono. Assim foi comigo. Olhava para o espelho, ia
de um lado para outro, recuava, gesticulava, sorria e o vidro exprimia
tudo. Não era mais um autômato, era um ente animado. Daí em diante,
fui outro. Cada dia, a uma certa hora, vestia-me de alferes, e sentava-me
diante do espelho, lendo olhando, meditando; no fim de duas, três horas,
despia-me outra vez. Com este regime pude atravessar mais seis dias de
solidão sem os sentir...

Quando os outros voltaram a si, o narrador tinha descido as escadas.

SUPLEMENTO DE LEITURA

A obra de Machado de Assis é reconhecida por tratar de aspectos sociais e particulares da vida humana, focalizando a maneira como os indivíduos agem e como reagem às situações cotidianas. São as pessoas comuns, e não as celebridades, que preenchem as páginas do autor, expondo, como em uma lente de aumento, casos pequenos do dia a dia. Indecisões, mesquinharias de toda ordem, oportunismo e falsa moral revelam a vida da sociedade urbana brasileira da época.

Para completar esta reunião de contos de Machado, este livro propõe uma ampliação das leituras sob a forma de questões. As atividades a seguir servem para aprofundar a compreensão de alguns aspectos da obra machadiana.

Bom trabalho!

A ESCRITA MACHADIANA: LINGUAGEM E ESTILO

1. Os contos de Machado de Assis são conhecidos por apresentar desfechos que quebram a expectativa e afastam-se dos padrões românticos. De que maneira o conto "A carteira" segue esse traço da obra machadiana?

_____

_____

_____

2. Em "A cartomante", o autor opta por apresentar os fatos em uma sequência cronológica que foge da linearidade. Considerando o enredo, justifique esse recurso.

_____

_____

_____

3. Os símbolos e as alegorias são uma constante na obra de Machado de Assis. Identifique esse recurso em "A Igreja do Diabo".

_____

_____

_____

4. Para convencer Deus de seu propósito, o Diabo argumenta de maneira bastante convincente. Que recursos de linguagem são utilizados pelo autor para reforçar a alegação da personagem?

_____

5. A ironia é uma das figuras de linguagem mais presentes na obra de Machado de Assis. Seu emprego inteligente ressalta efeitos de humor e reforça o estilo crítico do autor. Analise de que forma ela se relaciona ao enredo de "O dicionário".

6. A traição é um tema que aparece em grande parte da obra machadiana, o que se pode justificar pelo fato de tal atitude representar uma das fraquezas humanas, ponto usado com frequência para caracterizar as personagens do autor. Em "Três tesouros perdidos", essa é a temática central. Analise de que forma o discurso direto auxilia no desenvolvimento do enredo.

7. Machado usa o conto como meio de apresentar sua concepção de Realismo na Literatura, flagrando aspectos psicológicos da alma humana, o que é confirmado em "O espelho": "Cada criatura humana traz duas almas consigo: uma que olha de dentro para fora, outra que olha de fora para dentro...".

   O trecho destacado resume o conflito básico exposto no conto. Estabeleça uma relação entre ele e a passagem da estética romântica para a estética realista.

NARRADOR E PERSONAGENS

1. No conto "A carteira", de que forma o posicionamento do narrador influencia a visão que o leitor tem da personagem principal?

2. "O Alienista" é um dos mais famosos contos do "Bruxo do Cosme Velho". Nele, o personagem principal, Simão Bacamarte, acredita poder mudar a sociedade baseando-se em suas crenças e seus valores. Analisando as ações de Bernardão, estabeleça um paralelo entre os dois protagonistas citados.

3. Dona E..., de "Três tesouros perdidos", não é desenvolvida integralmente como personagem. Apesar disso, é possível traçar um perfil seu, baseando-se nas poucas ações narradas e nas atitudes do marido em relação a ela. Comente essa representação feminina na obra machadiana.

4. Considere as impressões de Camilo e Rita após a visita à cartomante e caracterize-os sob essa perspectiva.

5. Uma das mais famosas personagens de Machado de Assis é a protagonista feminina da obra *Dom Casmurro*. Leia alguns dos trechos que caracterizam a personagem no livro:

"Capitu, apesar daqueles olhos que o diabo lhe deu... Você já reparou nos olhos dela? São assim de cigana oblíqua e dissimulada." (Capítulo 25 – No passeio público)

"Capitu era Capitu, isto é, uma criatura mui particular, mais mulher do que eu era homem." (Capítulo 31 – As curiosidades de Capitu)

"Tinha-me lembrado a definição que José Dias dera deles, olhos de cigana oblíqua e dissimulada. Eu não sabia o que era oblíqua, mas dissimulada sabia, e queria ver se se podiam chamar assim. Capitu deixou-se fitar e examinar. [...] Retórica dos namorados, dá-me uma comparação exata e poética para dizer o que foram aqueles olhos de Capitu. Não me acode imagem capaz de dizer, sem quebra da dignidade do estilo, o que eles foram e me fizeram. Olhos de ressaca? Vá, de ressaca. É o que me dá idéia daquela feição nova. Traziam não sei que fluido misterioso e enérgico, uma força que arrastava para dentro, como a vaga que se retira da praia, nos dias de ressaca." (Capítulo 32 – Olhos de ressaca)

Com base nos trechos destacados, identifique semelhanças entre as personagens Capitu, de *Dom Casmurro*, e Rita, de "A cartomante".

DISCUTINDO MACHADO DE ASSIS

1. "Não tarda muito que o céu fique semelhante a uma casa vazia, por causa do preço, que é alto."

   Nas palavras do Diabo, Machado de Assis expõe uma crítica aos atos da Igreja. Explicite-a.

   _____

   _____

   _____

2. Os acontecimentos do enredo de "O dicionário" giram em torno das ações do protagonista na tentativa de ser reconhecido como um homem poderoso. Dê uma explicação coerente para o título do conto não se referir diretamente aos atos do governante.

   _____

   _____

   _____

3. No conto "O espelho – Esboço de uma nova teoria da alma humana", Machado de Assis apresenta uma síntese de sua visão de mundo, ao analisar as pressões sociais de que somos vítimas. Por meio da metáfora da farda, de que forma o autor critica o comportamento humano?

   _____

   _____

   _____

4. Agora é a sua vez! Espelhando-se no exemplo dos jovens leitores deste livro, escolha um conto de Machado de Assis que não esteja nesta antologia e contribua para nosso projeto criando sua apresentação e enviando-a para clube.de.leitores.esem@gmail.com.

Este livro foi composto com tipografia Bembo e impresso em papel Off-White 90 g/m² na Formato Artes Gráficas.